苹果树

[英]约翰·高尔斯华绥 著 / 华静 文 译

云南出版集团
云南美术出版社

果麦文化 出品

苹果树

The Apple tree

她是这么单纯,
这么年轻,
这么感情用事,
她手无寸铁地爱着他,
在如此的黑暗中,
除了担当她的守护者,
他还能做什么呢?

"那苹果树,那歌声,还有那金子。"
——默里译欧里庇得斯《希波吕托斯》

这是他们的银婚纪念日。阿瑟斯特和妻子正沿荒野边缘开着车,准备在托基过夜,给这个喜庆的日子画上一个圆满的句号。托基是他们初次相遇的地方。这是斯黛拉·阿瑟斯特的主意,她颇为感性。二十六年前,她碧蓝的眼睛,如花的妩媚,恬静纯洁而又瘦削的脸庞,还有苹果花般红润的气色,曾神奇地让阿瑟斯特迅速为之倾倒;如今,尽管容颜已逝,尽管脸颊隐约有了斑点,四十三岁的她依然是一个标致、忠诚的伴侣,灰蓝色的眼睛里多了一丝笃定。

是她在这儿停的车,公共绿地从这里向左延伸上了陡坡，公路和荒野上最近的绵延高山之间是一座山谷，一片狭长的落叶松和山毛榉树林从这里一直延伸过去，间或夹杂着一两棵松树。她想找个能吃午餐的地方，因为阿瑟斯特从来不操这些心。这块地方一边是金灿灿的荆豆丛，一边是毛茸茸、绿油油的落叶松，在四月末的阳光下散发着柠檬的清香——既能远眺幽谷，又能遥望荒野上的高地，似乎正合她意。她性格果断，喜欢画水彩画，所以钟爱浪漫的景致。她拎起画箱下了车。

"这儿不错吧，弗兰克？"

阿瑟斯特有点像留了胡子的席勒，飘逸的发尾已经花白，高个子，长腿，灰色的大眼睛，迷离的眼神有时显得很深沉，甚至算得上是英俊，他的鼻子稍稍侧向一边，嘴唇微微张开，几乎被胡子盖住——四十八岁的他拎起装午餐的篮子，一声不吭，也下了车。

"哦！弗兰克，你看！有一座坟！"

路边，从绿地顶部蜿蜒下来的小路与公路垂直交叉的地方，有一座单薄的矮坟。小路从这里延伸到狭长的树林边，穿过一道大门。这座坟有六英尺长，一英尺宽，上面盖着草皮，西侧立着一块花岗岩石碑，坟上还有人放了一丛黑荆棘和一小把蓝色的风信子。眼前的情景触动了阿瑟斯特那颗诗人的心。埋在十字路口——墓主是自杀的！可怜的迷信的俗世凡人！不过，不论里面躺的是谁，都算是幸运了，因为他不必和其他那些刻着陈词滥调的阴森可怕的坟墓挤在一起，躺在潮湿阴冷的墓穴里——只消一块粗石板，就能仰望辽阔的天空，得到路人的祝福！阿瑟斯特没有多加评论，因为温暖的家庭教导他不要太过哲学，于是他阔步上前来到绿地，把午餐篮放在墙根，铺下一块毯子，留给妻子坐——等她饿了，自会放下画笔过来的。他从衣兜里掏出默里的译本《希波吕托斯》，不一会儿便读完了塞浦路斯女神和她的复仇故事，于是他抬头仰望天空。这是他的银婚纪念日，阿瑟斯特凝望着湛蓝晴空中朵朵耀眼的白云，渴望着——什么呢，他自己也说不清。男人这种存在啊——总是不能适应生活！一个男人的生活方式或许可以高贵而审慎，但他的内心深处却始终涌动着一股贪婪，一丝渴望，一种虚掷人生的感觉。女人是不是也如此呢？谁知道？然而，和饥渴相反，那些纵情猎奇、大胆冒险、寻欢作乐的男人又会因纵欲而受到惩罚。这是无法摆脱的事实——不能适应生活的动物，文明有教养的男人！那支可爱的希腊合唱队曾唱道："那苹果树，那歌声，还有那金子"，但是对于任何一个有审美的男人而言，完全称心如意的花园并不存在，极乐世界无法企及，也没有永恒欢乐的天堂——没有什么能和艺术品所捕捉的美好瞬间相媲美，后者能够永久留存，因此，看着它或是读它，总能让人感到同样的愉悦和宁静的陶醉。毋庸置疑，人生中也有那样的美妙瞬间，在不经意间悄然来临，可问题是，好景不能长在，仿佛过眼云烟，转瞬即逝，无法像艺术的美那样握在手里，留在身边。它们就像大自然灵魂的幻影，或熠熠生辉，或金光闪闪，人们时而可以瞥见它的遥远和深沉。现在，太阳暖烘烘地照在他脸上，一只杜鹃在荆棘树上唱着歌，空气中弥漫着荆豆花蜜的香气——嫩绿的小蕨叶丛里开着黑荆棘的小花，好似点点星光，高高的天上，不时有明亮的白云飞快地飘过群山，飘过梦一般的山谷，此时此刻就是那样的美妙瞬间。但它倏忽即逝——就像躲在石头后面偷看的潘神的脸，你刚要定睛看他，他就不见了。阿瑟斯特突然坐了起来。没错，眼前的情景让他感觉有点眼熟，公共绿地，蜿蜒的公路，还有身后这堵有点年头的墙。在车上他没注意——一点儿也没有，只是在想着久远的事，或是什么也没想——但是现在他看到了！二十六年前，正是这个季节，他就是从离这儿不到半英里的农庄出发去托基，可以说，从那以后他就再没回来过。他的心里顿时一阵痛楚，他想起自己人生中的这样一段插曲，他没能抓住它的美好和欢悦，而是让它拍拍翅膀，飞去了未知的世界。一段尘封的记忆浮现在他的脑海，那是一段疯狂而甜蜜的时光，被迅速扼杀，然后便终结了。他翻了个身，趴在地上，双手支着下巴，凝视着这片长着小小蓝色远志花的草皮……

一

这就是他回忆起来的往事。

五月的最后一天,一起从大学毕业的弗兰克·阿瑟斯特和朋友罗伯特·加顿正在徒步旅行。那天,他们从布伦特出发,打算去查格福德。谁料,阿瑟斯特的膝盖因为踢足球受过伤,撑不住了。从他们手里的地图上看,还剩下大约七英里路。他们坐在路边的斜坡上,一条小路在这里和公路交会,旁边是一片树林。他们一边歇脚,一边如年轻人特有的那样天马行空地聊天。两人都又高又瘦,身长六英尺有余,身材细得像竹竿;阿瑟斯特面色苍白,满脑子不切实际的空想;加顿的长相则有点古怪,圆圆的脸上坑坑洼洼,头发打着卷儿,活像一头远古时期的野兽。两人都爱好文学,都没有戴帽子。阿瑟斯特的头发微卷,发质柔滑,发色很浅,额头两边的发际线都有点变高的趋势,似乎是总被往后甩的缘故;加顿的头发则是乱蓬蓬的,像只黑色的拖把。他们走了好远,都没遇见一个人。

"我亲爱的哥们儿,"加顿说着,"怜悯不过是自我意识带来的产物,是最近五千年才有的一种病。没它的时候,世界要快活得多。"

阿瑟斯特的目光追随着天上的云朵,回答说:

"不管怎样,它是蚌壳里的珍珠。"

"我亲爱的伙计,我们现代人的所有痛苦都源于怜悯。你看动物,还有那些红皮肤的印第安人,他们只能感受到自己偶然的不幸;再看看我们——连别人牙疼都得感同身受一番。我们也回到原始状态吧,不要再为任何人感伤了,让我们生活得更快乐些吧。"

"说得简单,但是永远也不可能做到。"

加顿若有所思地挠挠自己乱蓬蓬的头发。

"要想获得充分的成长,人就不能谨小慎微。有意去抑制自己的情感是错误的。所有的情感都是好的——都让生命更加充实。"

"没错,可要是它违背了骑士精神呢?"

"啊!真是不折不扣的英格兰人!提到情感,英格兰人总认为你要的是某种肉体上的东西,然后就大惊小怪。他们害怕激情,却不惧怕淫欲——哦,不怕!——只要别让人知道就行。"

阿瑟斯特没有回答,他摘了一朵蓝色的小花,正对着天空漫不经心地拿在手里把玩。一棵荆棘树上,一只布谷鸟开始唱歌。蓝天,鸟语,花香!罗伯特居然把帽子扣在脸上说话!他说:

"好了,咱们走吧,找个农庄住一晚。"说话间,他注意到有一个姑娘正从他们上方的公共绿地走下来。她的身条轮廓映在天空里,胳膊上挎着一只篮子,从她的肘弯里还能看见蓝天。阿瑟斯特欣赏到她的美,却并没去想自己能从中占点什么便宜,只想着:"好美啊!"风吹着她的深色系带裙,显出两条腿的曲线,把她头上那顶蓝色的旧圆扁帽都吹得鼓了起来。她穿着一件灰色的衬衫，又破又旧，鞋子也开裂了，粗糙的小手红红的，脖子晒成了棕色。一头黑色的波浪鬈发，凌乱地散在宽阔的额头上，她的脸短短的，上唇也短，露出雪白的牙齿，乌黑的眉毛直直的，睫毛又黑又长，鼻子笔直；不过，与众不同的是她灰色的眼睛——清澈得如露珠一般，好像是头一次睁开眼睛看到这个世界。她打量着阿瑟斯特——或许她也觉得他怪怪的，走路一瘸一拐，连帽子都没戴，还把头发向后甩，瞪着大眼睛盯着她看。因为没戴帽子，他没法脱帽致意，于是举起一只手来行了个礼，说：

"请问，附近有农庄能让我们借宿一晚吗？我的腿瘸了。"

"只有我们家的农庄离这儿近，先生。"她毫不忸怩，声音温柔而又清脆。

"在哪儿？"

"从这儿往下走，先生。"

"可以让我们在你家的农庄借宿一晚吗？"

"哦！我想，应该可以。"

"你能给我们带路吗？"

"好的，先生。"

他没再说话，一瘸一拐地往前走，加顿开始发问了。

"你是德文郡的人吗？"

"不是，先生。"

"那你是哪儿人？"

"我是威尔士人。"

"啊！我还以为你是凯尔特人。这么说，这个农庄不是你家的？"

"是我姑妈家的。"

"也就是你姑父的？"

"他已经去世了。"

"那谁来种地呢？"

"我姑妈，还有三个表兄弟。"

"你姑父是德文郡的人吗？"

"是的，先生。"

"你在这儿住了很久吗?"

"七年了。"

"你觉得这儿跟威尔士比,怎么样?"

"我不知道,先生。"

"我猜,你是不记得了?"

"哦,当然记得!但威尔士跟这儿不一样。"

"这个我信。"

阿瑟斯特突然插了一句:"你多大了?"

"十七岁,先生。"

"你叫什么名字?"

"梅根·戴维。"

"他叫罗伯特·加顿,我叫弗兰克·阿瑟斯特。我们本来要去查格福德的。"

"真遗憾,您的腿伤了。"

阿瑟斯特笑了笑,他笑起来很好看。

他们往下走,经过狭长的树林,突然就到了农庄——这是一长溜矮矮的石头房子,有平开的窗户,四周的院子里,猪、家禽,还有一头上了年纪的母马正走来走去。屋后是一座陡峭的小山,山上长着绿草,山顶有几棵苏格兰冷杉树;屋子前面是一片古老的苹果园,果树含苞待放,果园一直延伸下去,尽头是一条小溪和一大片荒芜的草地。一个黑眼睛、眼角上斜的小男孩正赶着一头猪,屋子门口站着一个妇人,朝他们迎过来。姑娘说:

"这是纳拉科姆太太,我姑妈。"

这位"纳拉科姆太太,我姑妈"有一双黑色的眼睛,眼珠骨碌碌转得飞快,像只母野鸭,她的脖子有点歪,像一条蛇。

"我们在路上碰到您的侄女,"阿瑟斯特解释说,"她想着或许您可以允许我们借宿一晚。"

纳拉科姆太太从头到脚把他们打量了一番,回答说:

"呃,行,如果你们不介意两人同住一间的话。梅根,去把那间空屋子收拾一下,再端一碗奶油来。我估摸你们想吃点午茶吧。"

姑娘穿过由两棵紫杉树和几片开花的醋栗丛围成的门

廊,蓝色的圆扁帽在粉红色的花丛和深绿色的紫杉中间格外显眼。她身子一闪,便进了屋。

"你们要不要来客厅坐坐,歇歇腿?我猜,你们是大学生吧?"

"之前是,现在已经毕业了。"

纳拉科姆太太明白地点点头。

客厅的地上铺着砖,桌子上没铺台布,椅子漆得亮闪闪的,还有一张沙发,被马鬃塞得鼓鼓的,整个屋子一尘不染,好像从来没人用过一样。阿瑟斯特双手护着瘸了的膝盖,一屁股坐在沙发上,纳拉科姆太太目不转睛地看着他。他是一位已故化学教授的独生子,人们会在他身上看到一种贵族气息,尽管他自己全然不觉。

"这儿有溪水能让我们洗个澡吗?"

"果园最底下就是,但即便坐下来,水也没不过身子!"

"有多深?"

"呃,大概,差不多一英尺半吧。"

"哦！那就够了。往哪边走？"

"沿着小巷往下走，从右手第二道门出去，有一棵孤零零的大苹果树，旁边就是洗澡池。池子里有鳟鱼，你们可以给它们挠痒痒。"

"应该是它们给我们挠痒痒吧！"

纳拉科姆太太笑了，说："等你们回来，茶就好了。"

那池子是用一块大石头拦起来的，底下都是沙子；那棵大苹果树在果园的最低处，离水池很近，树枝几乎悬在水面上；树上枝繁叶茂，就等开花了——深红色的花蕾正含苞待放。水池很小，同时只容得下一个人洗澡，加顿先洗，阿瑟斯特便等着，他一面揉着膝盖，一面凝望着荒芜的草地。草地上满是石头、荆棘树和野花，远处一块平整的土堆上立着一丛山毛榉。每一根树枝都在风中摇摆，每一只春天的鸟儿都在歌唱，西斜的阳光在草地上投下斑驳的影子。他想到忒奥克里托斯，想到查韦尔河，想到月亮，还有那个眼睛如露珠般晶莹的姑娘；他思绪万千，以至于好像什么都没想；他感到说不出的快乐。

二

　　这顿晚茶丰盛极了，有鸡蛋、奶油、果酱，还有用藏红花点缀的新鲜的薄饼。加顿一边吃，一边滔滔不绝地讲凯尔特人的事。那时正是凯尔特民族觉醒的时期，加顿的家族里发现了凯尔特人的基因，这让他激动不已，认定自己就是凯尔特人。他四仰八叉地坐在铺着马鬃坐垫的椅子上，弯弯的嘴角叼着自己卷的烟，一面用针尖般犀利的目光盯着阿瑟斯特的眼睛，一面夸耀威尔士人的高贵。从威尔士来到英格兰，就好比从瓷器降格到陶器！作为英格兰人，弗兰克当然没有察觉到那个威尔士姑娘的精致细腻和丰富情感。加顿还一面精心拨弄他那团湿漉漉的黑头发，一面解释说她与12世纪那位叫某某摩根的威尔士吟游诗人笔下的形象多么吻合。

阿瑟斯特平躺在马鬃沙发上,两只脚远远地伸出沙发的另一端,抽着一支深色的烟斗。他没有听加顿说话,而是回想着刚才那姑娘又送进来一盘薄饼时的脸庞。看着她的脸,完全就像是在看一朵花,或是大自然的其他什么美景——直到她奇怪地微微一怔,垂眼走了出去,静得像只老鼠,一点声音都没有。

"我们去厨房吧,"加顿提议,"再多看她两眼。"

厨房刷得雪白,房椽上挂着熏火腿;窗台上摆着几盆花,墙上的钉子上挂着几杆枪,还有各种奇怪的茶缸、瓷器和锡器,还挂着几幅维多利亚女王的肖像。一张木头长条桌,没有上漆,桌上摆着碗和勺子,桌子上方高高地挂着一串洋葱,两只牧羊犬和三只猫在地上四处躺着。嵌入墙里的壁炉一侧坐着两个无所事事的小男孩,很乖巧的样子;另一侧坐着一个敦实的小伙子,浅色的眼睛,红红的脸,正拿着一块亚麻布擦一根枪管,他头发和睫毛的颜色跟手中的亚麻布一样;在他们中间,纳拉科姆太太正出神地搅着一大锅香喷喷的炖菜。还有两个黑头发的小伙子，吊眼，和那两个小男孩一样满脸淘气，正懒洋洋地倚在墙上聊天；另外一个穿灯芯绒裤子、年纪大一点的矮个男人靠窗坐着，他的脸刮得很干净，正在仔细研读一本破破烂烂的杂志。梅根姑娘看来是唯一活跃的人——她从桶里汲出一壶壶苹果酒，往返于酒桶和餐桌之间。看到他们正要吃饭，加顿说：

"啊！如果可以的话，等你们吃过晚饭，我们再过来。"没等对方回话，他们便回了客厅。然而，厨房里丰富的色彩，热腾腾香喷喷的饭菜，还有那许多张形形色色的脸，把窗明几净的客厅反衬得格外黯淡，于是两人闷闷不乐地重新坐下。

"那两个男孩是标准的吉卜赛人。只有那个擦枪的家伙是撒克逊人。那个姑娘倒是个值得仔细研究的心理学课题。"

阿瑟斯特撇撇嘴。在他看来，加顿刚才就是个笨蛋。仔细研究的课题！她是一朵野花。一个让你赏心悦目的人儿。什么课题!

加顿接着说:

"在情感上,她一定妙不可言。不过,她需要被唤醒。"

"你想去唤醒她吗?"

加顿看着他笑了。他上扬的嘴角仿佛在说:"你这个粗俗的英格兰人!"

阿瑟斯特只管抽他的烟斗。把她唤醒!那个傻瓜可真够狂妄的!他打开窗户,探出身去。暮色已深,农庄的房子和磨坊都模糊起来,现出淡淡的蓝色,苹果树已是朦胧一片;空气中飘来厨房烧火的香味。一只晚睡的鸟儿正漫不经心地叽喳叫着,仿佛在为四周的黑暗感到惊叹。马厩里传来一匹马儿吃草时喷鼻息、跺脚的声音。远处是隐约可见的荒野,更远处是还没有全亮的羞涩的星星,在湛蓝的夜空中闪着白光。一只猫头鹰用颤抖的声音叫着。阿瑟斯特深吸了一口气。这样的夜色,真该出去走走!小路上传来没钉马掌的马蹄声,闪过三个模糊的黑影——那是晚上出来散步的小马。它们的头从大门上方露出来,黑乎乎毛茸茸的。他弹了一下烟斗,细小的火星纷纷飘落,吓得小马扭头就跑。一只蝙蝠扑棱着翅膀飞过,发出几乎听不见的吱吱声。阿瑟斯特把一只手伸出去,掌心向上,能够感觉到露水的湿气。突然,他听到头顶传来小男孩含糊不清的说话声和一只只小靴子落在地上的声音,还有一个声音,清脆而又温柔——不用怀疑,准是那姑娘在哄他们上床睡觉。他还清清楚楚地听到她说:"不行,里克,不能抱着猫睡",接着是一阵嬉笑打闹,轻轻用手拍了一下,然后又是一声笑,这笑声很轻,很美,让他不禁微微一颤。然后是呼的一声,楼上暮色中的烛光熄灭了,一切都安静下来。阿瑟斯特缩回身子,坐下,膝盖的疼痛烦扰着他,他的心里也不痛快。

"你去厨房吧,"他说,"我要睡了。"

三

对阿瑟斯特来说,睡梦的车轮总是来得无声无息,平滑而又迅速。当他的同伴回来时,尽管他看上去似乎已经熟睡,事实上仍然清醒得很;在这间屋顶很低的矮房子里,当另一张床上的加顿已经仰面朝天躺在黑暗里呼呼大睡时,他仍然能听到猫头鹰的叫声。除了膝盖的不适,他并无不快——这个失眠的年轻人还没有感受到生活的烦扰。事实上,他毫无烦恼可言:他刚刚注册成为律师,他热爱文学,父母都已去世,自己每年有四百镑的收入,世界的大门正向他敞开。他去哪里、做什么、什么时候做,这一切又有什么要紧呢?他的床也很硬,这使他免于狂热。他躺着,床头的窗户开着,夜的气息从窗外飘进来,他使劲吸着。在这个无眠的夜晚，除了很烦他的这位朋友——当你同一个人一起徒步旅行了三天，自然会心生厌烦——阿瑟斯特的回忆和想象都是美好的，怀念的，激动的。有一个画面极其清晰，而又说不出原因，因为他甚至都没有意识到自己注意过它，就是那个擦枪小伙子的脸；那张脸上带着专注、淡漠而又惊讶的表情，抬头看着厨房的门口，然后又迅速转移到那个端着苹果酒壶的姑娘身上。这张有着蓝眼睛、浅色睫毛、亚麻色头发的红脸膛和那姑娘水灵而又质朴的脸一起，深深地印在他的脑海里。窗户上没有窗帘，他往外看到四四方方的黑暗，看到黎明来临，还听见一只没睡醒的乌鸦粗哑的叫声。接着又恢复了之前的静谧，直到一只睡眼惺忪的乌鸦唱起歌来，才打破了沉寂。阿瑟斯特凝视着那一方逐渐亮起来的天空，进入了梦乡。

第二天，他的膝盖肿得老高，显然，徒步旅行只能到此结束。加顿因为翌日必须得回到伦敦，中午便告了辞，脸上还带着嘲讽的微笑，这给阿瑟斯特留下了一道恼火的伤疤——不过，当加顿大步流星的背影消失在陡峭的小巷拐角的那一刹那，这伤疤便立刻痊愈了。一整天，阿瑟斯特都坐在紫杉树下草地上一只漆成绿色的木头椅子上歇腿，树干和紫罗兰花在阳光下散发着香气，正在开花的醋栗丛中也隐约传来一丝幽香。他一边悠哉地抽着烟，一边观察，一边浮想联翩。

春日的农庄到处都是破土而出、破茧而出的新生命，人们带着淡淡的兴奋，观察着这个过程，喂养和照料这些小生命。这个年轻人一动不动地坐着，结果一只鹅妈妈摇摇摆摆地踱着方步，领着她的六只灰背、黄脖子的鹅宝宝来到他脚边的草地上，在草叶上磨它们的小嘴。每隔一会儿，纳拉科姆太太或是梅根姑娘会过来一趟，问他需要点什么，他就会笑笑说："什么都不需要，谢谢。这里棒极了。"到了下午茶时间，她们俩一起来了，端着一个碗，里面是一条长长的膏药带，上面涂着黑乎乎的药膏。她们一本正经地仔细检查他肿胀的膝盖，看了好一会儿，然后把膏药带绑了上去。等她们走了，他想起那姑娘轻轻

"哦"了一声,还有她同情的眼神和额头上细小的皱纹。他感到心里再次腾起了一股无名之火,对自己那位已经离开的朋友,因为他竟说了那些对她如此不恭的混账话。等她递茶过来,他问:

"你觉得我那位朋友怎么样,梅根?"

她抿紧上唇,似乎怕笑出来有失礼貌。"那位先生很有意思,把我们都逗乐了。我觉得他很聪明。"

"他说什么了,让你们觉得好笑?"

"他说我是bards的女儿。bards是什么?"

"威尔士的游吟诗人,生活在几百年前。"

"那,请问,为什么说我是他们的女儿呢?"

"他的意思是说,你就是他们在诗中吟唱的那种姑娘。"

她皱起眉头。"我看他是喜欢开玩笑吧。我像吗?"

"如果我告诉你,你会相信我吗?"

"哦,我相信你。"

"那好,我觉得他说得对。"

她笑了。

阿瑟斯特心想:"你真是个美人儿!"

"他还说,乔像撒克逊人。那是什么意思?"

"乔是哪个?是那个红脸、蓝眼睛的吗?"

"对。他是我姑父的外甥。"

"那他不是你的表兄?"

"不是。"

"哦,他的意思是,乔像那些大约在一千四百年前来到英格兰、并且征服英格兰的人。"

"哦!我知道撒克逊人,可是乔像吗?"

"加顿对那些事很着迷,不过我得说,乔看上去确实有点像早期的撒克逊人。"

"是的。"

那句"是的"把阿瑟斯特逗乐了。她的声音清脆而又得体,干干脆脆,彬彬有礼地对自己明显一窍不通的事表示赞同。

"他说,其他男孩都是普通的吉卜赛人种。他不应该那么说。我姑妈笑了，可她当然是不高兴的，我的表兄弟们也很生气。我的姑父是农民——农民可不是吉卜赛人。不应该说那种伤人的话。"

阿瑟斯特想拉过她的手来轻轻捏一下，但他只是回答说：

"你说得很对，梅根。顺便说一句，我昨晚听见你哄小家伙们上床睡觉了。"

她的脸有点红了。"请喝茶吧——要凉了。要不我给您换点热的来？"

"你有时间为自己做过什么吗？"

"哦！有啊。"

"我一直在注意你，可我还没看见。"

她不解地皱起眉头，脸更红了。

等她走了，阿瑟斯特心想："她不会以为我在取笑她吧？我怎么可能！"他正处在那个认为"美人如花"的青春年华，这句诗也唤起了这些年轻人心中的骑士精神。他向来不太注意周遭的事物，过了一会儿才意识到那个被加顿称作是"撒克逊人"的小伙子正站在马厩门口。他穿得五颜六色,脏兮兮的棕色灯芯绒裤子,绑腿上还沾着泥,上身是一件蓝色衬衫;他的胳膊红红的,脸红红的,亚麻色的头发在阳光下显出金色的光泽;他一动不动,固执地呆呆站着,脸上没有一丝笑容。他看到阿瑟斯特看他,便如农村青年常有的那样故意放慢脚步,作出稳重的样子穿过院子,消失在房子尽头的厨房门口。阿瑟斯特感到有点扫兴:乡巴佬?不论你再怎么一片好心,真是没办法跟这些人相处!可是——看看那个姑娘!她的鞋子裂开了口子,她的手很粗糙,但是——是什么呢?真的是因为她有凯尔特血统吗,就像加顿说的那样?——她天生就是一位淑女,一颗宝石,尽管她恐怕仅仅会读会写!

昨晚他在厨房见过的那个脸刮得很干净、上了年纪的人牵着一条狗来到院子里,赶着奶牛来挤奶。阿瑟斯特看出他是个瘸子。

"这几头牛真不赖!"

瘸子的脸上一亮。他的眼睛会朝上翻,长年受苦的人经常会这样。

"是的,它们漂亮极了,产的奶也多。"

"当然。"

"希望您的腿好些了,先生。"

"谢谢,好多了。"

瘸子摸摸自己的腿,说:"我知道那是什么感觉,我自己也是。膝盖可是个大麻烦。我这膝盖坏了十年了。"

阿瑟斯特发出一声同情的叹息,这叹息来得如此自然,这是拥有独立收入的人所乐于表现的。瘸子又笑笑。

"不过,我不能再抱怨了——她们差不多把它治好了。"

"嗬!"

"是的,跟以前比,几乎完全不疼了。"

"她们给我缠了一条绷带,上面敷了很灵验的药。"

"是那姑娘采的草药。她是个好姑娘,她懂花儿。有的人似乎知道什么能治病。我妈在这方面就是个少有的行家。希望您能快点好起来,先生。我得走了,再见!"

阿瑟斯特笑了。"懂花儿！"她自己就是一朵花！

那天晚上，等他吃完冷鸭肉、凝乳和苹果酒的晚餐，那姑娘进来了。

"姑妈问——您想尝尝我们的五朔节蛋糕吗？"

"我可以去厨房里吃吗？"

"哦，当然可以！您一个人会想念您的朋友的。"

"我才不会。不过，你确定没人介意吗？"

"谁会介意？我们都会很高兴的。"

阿瑟斯特猛地一起身，僵硬的膝盖吃不消，他不禁晃了一晃，又一屁股坐下来。那姑娘吓得倒吸一口气，伸出手去。阿瑟斯特拉住她的手，那双手小小的，又粗又黑。他克制住想把那双手放到唇边的冲动，任由她把自己拉起来。她挨着他，让他靠着自己的肩膀。他倚在她身上穿过屋子。他感觉她的肩膀是他触碰过的最美妙的东西了。不过，他仍然保持了足够的理智，从架子上拿下手杖，在进厨房之前把手收了回来。

那天晚上，他睡得很香，一觉醒来，膝盖已经几乎恢复了正常。他又在草地里那张椅子上坐了一上午，歪歪扭扭地写诗；到了下午，他便跟两个小男孩尼克和里克到处游荡。这天是星期六，他们很早就从学校回来了。两人都黑黑的，都是聪明又害羞的淘气鬼，一个七岁，一个六岁，阿瑟斯特对付孩子很有一套，很快，两个小家伙的话就多了起来。到了四点钟，他们已经给他展示了所有搞破坏的办法，就差去抓鳟鱼了。他们卷起裤脚，趴在游着鳟鱼的小溪边，假装自己也有这套本领。当然，他们什么也没抓到，因为他们咯咯的笑声和叫声早把猎物都吓跑了。阿瑟斯特坐在山毛榉树丛边的一块大石头上，一边看着他们，一边听杜鹃唱着歌，直到不如弟弟坐得住的哥哥尼克过来在他身边站住。

"那个吉卜赛鬼就坐在这块石头上。"他说。

"什么吉卜赛鬼？"

"不知道，我从来没见过。梅根说他坐在那儿；老吉姆也看见过一次。我家的小马踢中我爹脑袋的头一天晚上，他就坐在那儿。他还会拉琴。"

"他拉什么曲子?"

"不知道。"

"他长什么样?"

"黑黑的。老吉姆说他浑身都是毛。他是个不折不扣的鬼,只有晚上才出来。"小男孩乌黑的吊眼转来转去,"你说,他会不会想把我带走?梅根怕他。"

"她看见过他吗?"

"没。她不怕你。"

"我想也是。她为什么要怕我?"

"她为你祷告。"

"你个淘气鬼,你怎么知道?"

"我睡着的时候,听到她小声说,'愿上帝保佑我们,还有阿修斯先生'。"

"你这个小坏蛋,听了不该听的东西,还去说!"

小男孩不作声了,然后又凶巴巴地说:

"我会剥兔子的皮。梅根就不敢。我喜欢血。"

"哦!是吗,你这个小恶魔!"

"恶魔是什么?"

"就是伤害别人的人。"

小男孩面露愠色。"只是些死兔子而已,我们拿来吃的。"

"对,尼克。请你原谅。"

"我还会剥青蛙皮呢。"

但阿瑟斯特已经走了神。"愿上帝保佑我们,还有阿修斯先生!"尼克见他突然不理睬自己,不明白是怎么回事,便跑回小溪边,咯咯的笑声和叫声很快又响了起来。

等梅根给他送茶过来,他问:

"吉卜赛鬼是什么,梅根?"

她惊恐地抬起头。

"他会带来灾祸。"

"你不会相信有鬼吧?"

"我希望永远不要看到他。"

"当然不会看到。这种东西根本不存在。老吉姆看到的是一头小马。"

"不是！石头里有鬼，就是那些很早以前的人。"

"不管怎样，他们也不是吉卜赛人。吉卜赛人还没来的时候，那些老先生早已死了。"

她只回了一句："他们都是坏人。"

"为什么？如果真的有，他们也不过是野人而已，就像兔子一样。野生的花并不坏，荆棘树也是野的，自己长出来的——你也不会介意。我晚上要去看看你说的鬼，跟他聊聊。"

"哦，不！别去！"

"我要去！我就去坐在他的石头上。"

她攥紧了双手："求您了，别去！"

"怎么了？我要是有点什么事，又有什么关系呢？"

她没有回答。他装作生气的样子说：

"好吧，我敢说我是见不着他了，因为我想我很快就得走了。"

"很快？"

"你姑妈可不打算留我。"

"哦,她会的!夏天我们经常让人在这儿借宿。"

他盯着她的脸,问:

"你希望我留下来吗?"

"是的。"

"我今晚会为你祷告!"

她的脸涨得通红,皱起眉头走了出去。他坐在那里骂自己,直到茶煮好。他感觉自己仿佛穿着厚皮靴在一丛蓝铃花上乱踩了一气。他怎么会说出这样愚蠢的话?他和罗伯特·加顿一样,只是个城里来的上过大学的笨蛋吗?一点都不懂她?

四

接下来的一个星期,阿瑟斯特在附近的乡间到处溜达,想证实自己的腿确已康复。对他来说,今年的春天满是新的发现。他会如痴如醉地观察某棵迟开的山毛榉树上粉白的花蕾,在湛蓝的天空下,把它们抛撒在阳光里;或者,他会看着那几棵苏格兰冷杉树的树干和树枝在强光下现出黄褐色;他还会在荒野上,看那些被狂风吹弯的落叶松,它们的新芽在春风里显得那么朝气蓬勃,而下半截的树干却如铁锈一般,黑黝黝的。有时,他会躺在田埂上,凝视着一丛丛野生的紫罗兰,或是爬到枯死的凤尾草丛中,捻弄悬钩子那粉红透明的花苞,听杜鹃啼鸣,听绿啄木鸟欢唱,或是听一只云雀从高高的云端送来一串串歌声。的确,这和他经历过的任何一个春天都大不一样,因为春天在他的心里,而不是身外。白天,他几乎看不见那家人,梅根进来给他送饭时,也总像是在忙个不停,不是要干家务,就是要照看院子里的那些小东西,总是没空留下来多聊一会儿。不过,到了晚上,他便坐在厨房窗边的座位上,一边抽着烟斗,一边同瘸腿的吉姆或是纳拉科姆太太聊天,那姑娘则要么做针线,要么走来走去收拾晚餐后的桌子。有时,他会察觉到梅根的眼睛——那双灰色的水灵灵的眼睛——用一种温柔、流连的眼神在看着他,让他感到莫名的得意,就像猫咪呼噜叫时那种喜滋滋的感觉。

这是一个星期天的晚上,他正躺在果园里听一只乌鸫唱歌,一边酝酿着一首爱情诗。这时,他听见大门关上的声音,又看见那姑娘从林子里跑过来,那个红脸膛、傻乎乎的乔飞快地追在后面。两人在离他二十码的地方停住了,面对面站着,没有注意到草地上有个外人——小伙子向前逼近,姑娘用手把他挡开。阿瑟斯特能看见她愤怒而又不安的脸,还有那小伙子——谁能想到这个红脸的土包子竟会现出如此心神错乱的模样!眼前的情形让他心里一阵难受,便跳了起来。于是那两人看见了他。梅根垂下手,躲到一棵大树后面;小伙子恼火地咕哝一声,跑到田埂边上翻了过去,然后就不见了。阿瑟斯特慢慢地朝她走过去。她一动不动地站着,咬着嘴唇,乌黑发亮的发丝散落在她脸上,垂着眼睛——她真美。

"请你原谅。"他说。

她抬起头来,睁大眼睛看了他一眼,接着便喘过气来,转身就走。阿瑟斯特跟了上去。

"梅根!"

可她没有停下,还在往前走。他抓住她的胳膊,轻轻把她的身子扳过来,对着自己。

"停一下,跟我说话。"

"您为什么要请求我原谅?这话您不该对我说。"

"好吧,那我应该跟乔说。"

"他怎么敢来追我?"

"我想,他是爱上你了。"

她跺了跺脚。

阿瑟斯特嘿嘿笑了。"你想让我揍他的脑袋吗?"

她突然激动起来,叫道:

"您嘲笑我——嘲笑我们!"

他握住她的手,可她直往后缩,直到她那激动的小脸蛋和散乱的黑发碰上一簇簇盛开的粉色苹果花。阿瑟斯特举起她的一只手,放在自己的唇边,吻了上去。他感到自己充满了骑士风度,比那个土包子乔不知道高出多少——只用嘴唇轻轻摩挲那双粗糙的小手!她忽然停止了退缩,反而仿佛在颤抖着身子向他靠近。阿瑟斯特感到一股甜蜜的暖流涌遍全身。这个瘦削的姑娘,这么单纯,这么善良,这么美丽,竟喜欢他吻她!于是,随着一阵突如其来的冲动,他伸出双臂抱住她,紧紧搂住,吻了她的额头。她的脸色竟变得苍白,眼睛也闭上了,乌黑的长睫毛垂在苍白的脸颊上,双手无力地垂在身子两侧,他惊慌起来。她的胸脯碰到他,他浑身一颤。"梅根!"他叹口气,松开了她。万籁俱寂中,传来一只乌鸫的叫声。接着,姑娘抓起他的手,贴在自己的脸颊、心口和唇上,热烈地吻着,然后便逃进树干上长着青苔的苹果树间,消失在林子里。

阿瑟斯特心慌意乱,满脑子空白,他在一棵盘根错节、几乎长得贴在地上的老树上坐下,凝视着那片粉色的花蕾和中间一朵盛开如星星般的白色苹果花——刚才,这簇花就像一朵王冠,戴在她的黑发上。他都干了些什么?他怎么能让自己被美色冲击得神魂颠倒——抑或是怜悯——或者,只是因为春天!尽管如此,他感到一种奇妙的快乐,欢欣而又得意,连四肢都一阵阵地战栗,同时又隐隐地感到一丝惊慌。这意味着——什么?有蚊子咬他,还有小虫飞来飞去,想往他嘴里钻,周围一切春天的气息似乎都变得更加可爱,更加生气勃勃。杜鹃和乌鸫的歌声,绿啄木鸟欢快的叫声,西斜的阳光,还有方才像王冠一样戴在她头上的苹果花!他站起身来,大步走出果园,想去空旷的地方适应一下这些全新的感受。他向荒野走去，一只喜鹊从篱间的一棵白蜡树上向他迎面飞了过来。

对男人来说——从五岁开始，不论多大年纪——谁能说自己没有恋爱过？阿瑟斯特曾经爱过舞蹈课上的舞伴，幼儿园的女老师，还有学校放假时遇到的姑娘们，或许，他从来就没有停止过恋爱，他的心里或多或少始终存着朦胧的爱慕之情。但是这次不一样，这次一点儿也不朦胧，而是一种全新的、极其愉悦的感受，让他感到某种完满的男子汉气概。他的指间握着这样一朵野花，还能把它举到唇边，感受它满怀欣喜的颤抖！多么令人沉醉，又多么令人——不安！怎么办呢——下次该怎么见她呢？他的第一次爱抚是出于怜惜，是冷静的；但下次就不会是这样了，因为她在他手上那滚烫的一吻，因为她把他的手贴在胸前，他知道了，她爱他。有些性格如果被爱，会变得粗鲁，而另一些，比如阿瑟斯特这种，便会心潮起伏，心驰神往，会感到温暖，会变得柔软起来，仿佛有一股奇迹的力量让他们心花怒放。

于是，在荒野上嶙峋的岩石间，他感受到两种思想的斗争：一种是沉醉于周身这股春天的热情渴望，另一种则是隐隐的而又非常真切的不安。某一刻，他为征服这个毫无戒备、眼睛水灵的美人儿感到满心骄傲，而下一秒钟，他又故作庄重地对自己说："不错，小伙儿！可是你留点神吧！你知道这会带来什么后果！"

不知不觉间，夜幕降临了——笼罩在像被雕刻过的亚述风格的一块块大石头上。大自然的声音在对他说："一个新的世界在等着你！"恰如一个人四点起床，出门走进夏日的早晨，当花草鸟兽一齐向他行注目礼时，他便感觉一切都焕然一新。

他在荒野上待了好几个小时，直到感觉到寒意，才在石堆和石楠树根间摸索着下到大路上，然后拐进小巷，再次穿过荒芜的草地回到果园。他划了一根火柴，看了看表。快十二点了！此刻的果园漆黑一片，万籁俱寂，和六小时前霞光流连、鸟雀欢跃的光景大不相同！他忽然从局外人的视角体察到这段田园诗般的生活——他的眼前浮现出纳拉科姆太太像蛇一样扭着的脖子，她那双洞察一切、转得飞快的黑眼睛,阴沉下来的精明的脸色;他还看见那几个像吉卜赛人的表兄弟们粗俗的嘲笑和怀疑的目光;还有呆头呆脑的乔恼羞成怒的样子;只有瘸腿的吉姆,眼神苦哈哈的,在他看来还算能接受。还有村里的小酒馆!——他散步时打过照面的爱说闲话的已婚老女人;还有——他自己的那些朋友——十天前的那个早晨,罗伯特·加顿临走时的那副笑脸,多么饱含嘲讽而又意味深长!恶心!某一瞬间,他甚至憎恨起这个世俗而又悲观的世界来,不论情愿与否,人们都不得不身处其中。他倚靠的大门现出灰色,一道亮光从他的眼前掠过,随后又融进显出些许蓝色的黑夜里。是月亮!他看见它就在自己身后的田埂上方,红红的,几乎是圆的——多么奇怪的月亮!他转身走上小巷,巷子里弥漫着黑夜还有牛粪和嫩叶的气息。他能看见草场上牛群的黑影,镰刀一样的牛角微微闪着白光,仿佛很多尖尖的月牙儿尖头朝上落了下来。他悄悄拉开农庄大门的门闩。屋里漆黑一片。他蹑手蹑脚地走上门廊,靠在一棵紫杉树上,抬头去看梅根的窗户。窗户开着。她在睡觉吗？还是不安地躺着、没有睡着——因为没见着他而闷闷不乐？正当他站在那儿朝楼上的窗户张望时，一只猫头鹰叫了起来，叫声划过整个夜空，其余万物都无比静谧，只有果园下方那条小溪里的流水涓涓不息。白天是杜鹃，现在是猫头鹰——它们多么美妙地唱出了他心中这不安的欢欣！突然，他发现她出现在窗口，正向外面张望着。他稍稍离开紫杉树，轻声唤她的名字："梅根！"她的身影缩了回去，消失了，然后又重新出现，使劲往下探。他蹑手蹑脚地走上草地，小腿不小心碰到绿漆椅子，发出的声响吓得他气都不敢喘。她探出窗外的胳膊和脸庞的灰白色轮廓一动不动。他搬过椅子，轻手轻脚地爬上去，然后向上伸出手臂，正好够着她的手。她手里是前门的那把大钥匙，凉冰冰的钥匙，捏在滚烫的手里，他把这只手紧紧握住。他勉强能看见她的脸，她唇间雪白的牙齿，还有披散的长发。她仍然穿得整整齐齐——可怜的孩子，不用说，她一定是在等他！"美丽的梅根！"她火热粗糙的手指紧紧抓住他的手，她的脸上有一种奇怪的茫然的表情。要是能够到她的脸就好了——哪怕只是用手去摸摸!猫头鹰叫了,甜蔷薇的香气钻进他的鼻孔。接着,农庄里的一只狗叫了起来;她松开手,缩回身子。

"晚安,梅根!"

"晚安,先生!"她不见了!他叹了口气,从椅子上下来,坐在上面脱下靴子。他别无选择,只能悄悄溜进去,上床睡觉。可他一动不动坐了好久,脚被露水冻得冰凉,沉醉地回味着她略带微笑的茫然表情,还有她把冰凉的钥匙塞到他手中时,她滚烫的手指那缠绵的一握。

五

　　一觉醒来,他感觉仿佛夜里吃多了,而不是空着肚子入的眠。昨日的浪漫显得如此遥不可及,如此的不真切!但是,这是一个美妙的早晨。春天终于怒放了——一夜间,田野里开满了"金杯杯"——这是小男孩们给它们取的名字,从他的窗户望出去,可以看见果园里开满了苹果花,就像披上了一床粉白相间的被子。下楼的时候,他几乎害怕撞见梅根,而当他发现是纳拉科姆太太而不是梅根送来早饭时,又感到心烦意乱,有点失望。今天早晨,这位太太骨碌碌的眼睛和蛇一样的脖子好像有了一种新的灵敏的姿态。她是觉察到什么了吗?

　　"看来,您昨晚和月亮一块儿散步去了,阿瑟斯特先生！您在哪儿吃晚餐了吗？"

阿瑟斯特摇摇头。

"我们给您留饭了，不过我想您太忙，顾不上为这样的小事儿费脑筋吧？"

她的嗓音虽然受到西部乡村浓重喉音的影响，却仍然保留着威尔士人的清脆。她是在嘲讽他吗？如果她知道的话！这时，他便想道："不，不行，我得脱出身来。我不能让自己置身于这样一个畜生似的骗子角色里。"

可是，吃完早饭，他又开始盼着见到梅根，这种渴望每一分每一秒都变得更加热切，同时他又担心会不会有人跟她说了什么，把事情搞砸了。她一直没有出现，让他都没机会看她一眼，这可不是什么好兆头！至于他昨天下午在苹果树下专心创作、寄予厚望的那首情诗，此刻却显得一文不值，他直接撕碎搓成了点烟的纸捻。在她抓住他的手亲吻之前，他懂什么爱情！而现在——他还有什么不懂的？可是爱情落到纸上，又显得多么索然无味！他上楼回房间去拿一本书，突然，他的心怦怦跳起来，她在为他整理床铺！他站在门口看着，见她俯身吻了他的枕头，就在他昨晚睡过凹下去的地方，这让他的心里一阵狂喜。

哪能让她知道自己看见了这个可爱的倾心之举呢？可是，若是让她听见他悄悄溜走，就更糟了。只见她抱起枕头，似乎不情愿地抖平他脸颊的印痕，然后放下来，转过身来。

"梅根！"

她举起双手捂住脸，但眼睛似乎一直看进他的心里。他从没想到那双露珠般明亮的眼睛里会有如此深沉、纯洁、忠贞到令人心动的感情，竟一时语塞，结结巴巴说：

"你昨晚等我，真是太感谢了。"

她还是没有说话，他继续结结巴巴地说：

"我在荒野上溜达来着，夜色美极了。我——我只是上来拿本书。"

这时，她吻他枕头的那一幕让他突然兴奋起来，他向她靠近。他用嘴唇吻她的眼睛，心里感到一种奇怪的兴奋："我做了！不管怎样，昨天的一切太突然了，但是现在，我做了！"姑娘把自己的额头贴在他的唇上，而他的唇慢慢往下移，一直触到她的唇上。这是情人间第一次真正的吻——奇妙而又美好，几乎仍旧天真无邪——究竟是谁的心，被搅得最乱呢？

"今晚，等他们睡了，到大苹果树那儿来。梅根——答应我！"

她在他耳边呢喃："我答应你。"

接着，见她脸色苍白，他担心起来，一切都让他感到恐惧，他放开她，转身下了楼。是的！他做了！他接受了她的爱，并且表白了自己的爱！他跟刚才一样空着手，没有拿书，出门去了那张漆成绿色的椅子那儿。他坐在那里呆呆地盯着前方，既得意，又懊悔，在他的眼前还有身后，农庄上的活计正忙碌着。他不知道自己怀着那样奇怪的怅然心情坐了多久，忽然看见乔站在他右后方不远的地方。这个小伙子显然刚在田里干完重活，轮换两只脚站着,喘着粗气,脸红得像落山的夕阳,卷着的蓝衬衫袖子下面露出的手臂颜色仿佛熟透的桃子,红红的,毛茸茸的闪着光。他咧着嘴,嘴唇也是红红的,亚麻色的睫毛下面,一双蓝眼睛死死地盯着阿瑟斯特。阿瑟斯特挖苦他说:

"好啊,乔,有什么需要我帮忙的吗?"

"是的。"

"好啊,那需要我做什么呢?"

"你可以走了。我们这儿不需要你。"

阿瑟斯特的脸从不谦逊,此刻更是摆出高高在上的样子。

"真谢谢你,不过,你要知道,我更希望其他人也可以各抒己见。"

小伙子上前一两步,阿瑟斯特闻到他身上辛苦劳作后热乎乎的汗味。

"你留在这儿,想干什么?"

"因为我乐意。"

"等我把你的脑袋揍扁,你就不乐意了!"

"那是当然!你准备什么时候动手?"

乔没说话,只大声喘着粗气,但他怒目圆睁,像一头发怒的小公牛。接着,他的脸似乎一阵痉挛,扭曲起来。

"梅根不要你。"

阿瑟斯特对这个傻里傻气、粗声粗气的乡巴佬感到一股妒忌、鄙夷和恼火,他失去了理智,跳起来,推开椅子。

"你见鬼去吧!"

他刚说出这几个字,就看见梅根站在门廊,怀里抱着一只很小的棕色小猎犬。她快步走到他跟前。

"它的眼睛是蓝的!"她说。

乔转身就走,后脖颈涨得通红。

阿瑟斯特把手指伸到她怀里那只像牛蛙似的棕色小东西的嘴边。它在她怀里多惬意啊!

"它已经喜欢你了。啊,梅根,什么东西都喜欢你。"

"请问,乔刚才在跟您说什么?"

"他让我走,因为你们不希望我在这儿。"

她气得跺脚,然后抬头望着阿瑟斯特。他看到她含情脉脉的眼神,感到自己的神经都在战栗,就像看见一只飞蛾扑向火焰,烧焦了翅膀。

"今晚!"他说,"别忘了!"

"不会的。"她把脸贴在棕色小狗胖乎乎的身子上,悄没声儿回屋去了。

阿瑟斯特沿着小巷游荡。他在通向荒野草地的门口,碰上了那个瘸子,他正赶着牛。

"天儿真好啊,吉姆!"

"是啊!这天儿草长得好。今年的白蜡树比橡树抽芽晚。要是橡树比白蜡树早——"

阿瑟斯特漫不经心地问:"你那次看到吉卜赛鬼的时候,你自己站在什么地方,吉姆?"

"可能是在那棵大苹果树下面吧,可以这么说。"

"你真的认为它在那儿吗?"

瘸子回答得很谨慎:

"我不能说它一定在那儿。但在我的印象中是这样。"

"依你看,这是怎么回事?"

瘸子压低了声音。

"他们都说老纳拉科姆先生是吉卜赛人。不过这确实说得通。吉卜赛人很好,你知道的,他们的宗族观念很强。或许他们知道他快死了,便派了这个家伙来陪他。我就是这么想的。"

"他长什么样儿?"

"他满脸都是毛,走路就像这样,好像手里拿着一把提琴。他们说没有鬼这种东西,但我有天黑夜里确实看见这只狗身上的毛都竖起来了,尽管我自己什么也没看见。"

"那天有月亮吗?"

"有,几乎是满月,但刚升起来不久,金灿灿的,就在那些树后面。"

"你觉得鬼意味着灾祸吗?"

瘸子把帽子往上推了推,热切的眼神更加认真地看着阿瑟斯特。

"这话不该我说，但它们真是不安分。有些事咱们不懂，这是肯定的，毫无疑问。有些人能看见这些东西，别的人什么也看不见。就拿乔来说吧——随便你把什么东西放到他的眼皮底下，他也看不见；其他男孩子也一样，那些叽叽喳喳的家伙。但你要是把梅根带到有东西的地方，她就能看见，而且看得更真切，要不就是我搞错了。"

"因为她很敏感。"

"什么意思？"

"我的意思是，她什么都能感觉到。"

"啊！她特别热心肠。"

阿瑟斯特感到自己的脸红了，便把烟袋递过去。

"抽点吗，吉姆？"

"谢谢您，先生。我看呐，她真是百里挑一的姑娘。"

"我看也是。"阿瑟斯特只回了几个字，便收起烟袋往前走去。

"热心肠！"是啊！可他在做些什么？他想怎

样——就像他们说的,他想对这个热心肠的姑娘做些什么?他穿过开满毛茛花的田野,这个问题始终萦绕在他心头。红色的小牛正在田里吃草,头顶上,燕子在高高的天空飞翔。是的,橡树比白蜡树先抽了芽,已经透出金棕色。每棵树的颜色都不尽相同,深浅不一。杜鹃,还有千百只鸟儿在唱歌,一条条小溪晶莹透亮。古人相信有一个黄金时代,在赫斯珀里德斯的金苹果园里……一只蜂后落在他的袖子上。每杀死一只蜂后,就意味着能减少两千只偷吃苹果的黄蜂,苹果就是果园里这些苹果花长成的。但又有哪个心中有爱的人,能在这样美好的日子里去杀生呢?他走进一块田里,一头红色的小公牛正在里面吃草。在阿瑟斯特看来,它有点像乔。可它完全不理会这位访客,或许它自己也被矮墩墩的腿下这片迷人的金色牧场和鸟儿婉转的歌声陶醉了。阿瑟斯特轻松地穿过田野,来到小溪上方的山坡上,从那斜坡往上,就是岩石嶙峋的山顶了。山上遍地开满了雾一样的蓝铃花,还有几乎二十棵花开得正盛的海棠树。他一下子躺在草地上。从田野里金灿灿的毛茛花和光彩夺目的金色橡树，到灰色山岩下缥缈幽雅的景色，让他满心惊喜，一切都不一样了，除了潺潺的水声和杜鹃的歌声。他在那儿躺了很久，看着太阳慢慢转过山头，海棠树在蓝铃花上投下影子，身边只有几只野蜂与他做伴。他有点恍惚，想着早上的吻，还有晚上的苹果树之约。此情此景中，农牧神和森林女神必然存在；如海棠花一样洁白的仙女隐居在海棠树里；而像枯死的凤尾草一样黑黝黝的农牧神则竖着尖尖的耳朵，匍匐在那里，守候着她们。等他醒来，杜鹃还在唱着，水声依旧，但太阳已经藏到了山后，山坡上很凉爽，几只野兔跑了出来。"今晚！"他想。正如一切都被一只温柔的、看不见的手从地下推出、舒展开来，他的心和各种感官也骚动起来。他站起身，从一棵海棠树上折下一小枝花来。那花蕾就像梅根——含苞待放，粉嫩粉嫩的，粗犷而又清新；那些盛开的花也像她，洁白奔放，而又动人。他把这枝花放进衣兜里。他身体里全部的春天的冲动都化作了一声胜利的长叹，吓得野兔仓皇逃走了。

六

　　那天夜里快十一点，阿瑟斯特放下捧在手里半个小时却一个字也没读进去的袖珍本《奥德赛》，悄悄溜出院子往果园走。月亮刚刚升起，金黄金黄的，挂在小山上，好像一位光辉伟岸的守护神，正透过白蜡树半秃的树枝窥视大地。苹果树中间依然漆黑一片，他站定了，搞明白方向，用脚在高低不平的草地上摸索着。一大团黑影在他身后很近的地方晃动，发出低沉的呼噜声，是三只大肥猪，它们走到墙根下，相互倚在一起，又重新安静下来。他仔细听着。没有风，但此刻，溪水轻柔的汩汩欢笑声显得比白天加倍欢腾了。一只他叫不出名字的鸟儿反复叫着"皮泼——皮泼"，连声调音量都不变；他还听到远处一只欧夜鹰在空中盘旋，还有一只猫头鹰的叫声。阿瑟斯特走了一两步，又停住了，只觉得头顶上方有一片朦胧的白色在动。一动不动、黑黝黝的树上满是温柔的花和花蕾，数也数不清，都被皎洁的月光赋予了魔力。他产生了一种很奇怪的感觉，仿佛真的有许多生灵在与他做伴，仿佛有上百万只白色的飞蛾或是精灵飘了过来，在漆黑的天空和更加黝黑的大地之间，在他目光所及的高度不停地扇着翅膀。他感到眼花缭乱，似乎一切都静止了，也闻不到任何味道。眼前的美景让他几乎忘记了自己为什么来这儿。整个白天一直覆盖大地的迷人景色还在，并没有随着夜的降临而消失，不过是换作了这种新的形式。层层叠叠的树干和枝丫上盖满了生意盎然的粉白色花朵，他穿过去，一直走到大苹果树下。即使在黑暗中也不会认错，因为它比其他任何一棵树都要高大一倍，枝丫一直延伸到开阔的草地和小溪边。他又在繁密的花枝下站定，竖起耳朵，仔细地听。还是一样的声音，加上那几头瞌睡的猪隐约发出的呼噜声。他伸出手去，摩挲着苹果树又干而又几乎温暖的树干,粗糙的树皮上长着青苔,在他的指尖散发出一丝泥炭般的气味。她会来吗——会吗?他被这些颤动着、有精灵出没、被月光施了魔法的苹果树包围着,他对一切都产生了怀疑!这里的一切都超凡脱俗,不适合尘世的情侣,只适合男女神仙,农牧神和森林女神,而不是他和这个农村小姑娘。若是她不来,岂不几乎恰好是一种解脱吗?但他一直仔细听着。那只不知名的鸟儿仍然叫着"皮泼——皮泼",接着又传来游着鳟鱼的小溪忙碌的潺潺絮语,月光透过苹果树的枝枝丫丫,斑驳地照在小溪上。在他眼前,盛开的苹果花似乎每一刻都开得更盛,它神秘的白色的美似乎让他越发忐忑起来。他折下一枝放在眼前——一共三朵花。把果树的花摘下来——柔软、圣洁、鲜嫩的花朵——然后又扔掉,这是对神灵的亵渎!这时,他突然听见大门关上的声音,那几头猪又不安分地哼哼起来。他靠着树干,双手紧紧贴在身后长着青苔的树皮上,屏住呼吸。尽管弄出了这些声音,她仍然像是一位从树林里走来的仙子。接着,他看见她走近了——她黑色的身影仿佛和一棵小树融为一体,而白色的脸庞则包裹在苹果花里。她站定了,凝视着他。他轻声叫她:"梅根!"一面伸出手去。她跑过来,扑进他的怀里。当阿瑟斯特感到她的心贴着自己的胸膛在跳动时,便深深领会了骑士精神和激情的含义。因为,她不属于他的世界,她是这么单纯,这么年轻,这么感情用事,她手无寸铁地爱着他,在如此的黑暗中,除了担当她的守护者,他还能做什么呢?因为,她就是纯朴的大自然和美的化身,她就像那盛开的苹果花,是这个美丽春夜的一部分,他怎能不全盘接受她想给他的一切,怎能不去实现她和他心中的春天呢!这两种情感在他心里激烈地斗争,他紧紧搂着她,吻她的头发,不知道这样默默站了多久。小溪仍在潺潺絮语,猫头鹰还在叫着,月亮悄悄向上爬着,越发皎洁了,他们头顶和四周的花丛也焕发出盎然的生机。他们的唇互相探寻着,谁也没有说话。一说话,这一切就会变得虚幻起来!春天是没有语言的,只有窃窃的私语。而春天所拥有的又远远超出了语言:盛开的花,舒展的叶,流淌的溪水,还有那甜蜜、不息的追求！有时，春天会活泼起来，就像神秘的精灵，用自己的臂膀将情侣们搂抱在一起，用有魔法的手指点点他们，于是，情人们唇贴着唇站着，除了接吻，忘记了一切。当她的心贴着他的胸膛跳动，当她的唇在他的唇边颤抖时，阿瑟斯特心里只有单纯的狂喜——命运要她投入他的怀抱，爱情的力量岂能违抗！但当他们为了呼吸而把嘴唇分开时，立刻又有了隔阂。只不过，此刻的情焰更为炽烈，他叹了口气：

"哦！梅根！你为什么要来？"她惊讶地抬起头，用受伤的眼神看着他。

"先生，是您让我来的。"

"我可爱的人儿，别叫我'先生'。"

"那我应该叫您什么呢？"

"弗兰克。"

"我不能。哦，不！"

"可是你爱我——不是吗？"

"我无法不爱您。我想和您在一起——仅此而已。"

"仅此而已!"

"要是不能和您在一起,我会死的。"她的声音很低,他几乎听不见。

阿瑟斯特深吸了一口气。

"那么,跟我走吧。"

"哦!"

这声又惊又喜的"哦!"让他陶醉起来,他接着低声说:

"我们去伦敦。我带你去看世界。"

"我会照顾你,梅根,我保证。我永远不会对你不好的!"

"只要我能和您在一起,就足够了。"

他抚摸着她的头发,继续耳语:

"明天,我去托基取点钱,给你买几件衣服,免得引人注意,然后我们就悄悄离开这儿。等我们到了伦敦,如果你足够爱我,或许很快我们就可以结婚。"

他通过她头发的摆动,感觉到她在摇头。

"哦,不!我不能。我只想和您在一起。"

阿瑟斯特沉醉于自己的骑士风度,继续喃喃地说:"是我配不上你。哦!梅根,你是什么时候爱上我的?"

"我在大路上看见您,您朝我看的时候。第一天晚上我就爱上您了,但我从没想过您会要我。"

她突然从他的怀里滑脱,跪到地上,要去吻他的脚。

阿瑟斯特惊得浑身一激灵,他扶起她的身子,紧紧拥在怀里——他心里乱成一团,说不出话来。

她轻声问:"为什么不让我吻您?"

"应该我吻你的脚!"

她的笑靥让他的眼眶湿润了。月光下,她洁白的面庞离他如此之近,她咧开的嘴唇粉粉的,美得像一朵苹果花,生机盎然,超凡脱俗。

突然,她睁大眼睛,痛苦地瞪着他的身后,她挣开他的怀抱,轻声说:"看!"

阿瑟斯特什么也没看见,只看见月光下亮晶晶的溪流,微微显出金色的金雀花,闪闪发光的山毛榉,还有,在这一切后面,在月色下赫然耸立的小山。他听到身后传来她惊恐的低语:"吉卜赛妖怪!"

"在哪儿?"

"在那儿 —— 石头旁边 —— 树底下!"

他被激怒了,纵身一跃跨过小溪,大步朝那丛山毛榉走去。是月亮搞的恶作剧!什么也没有!他一边骂,一边念念有词,在山石和荆棘树丛间钻进钻出,可他又感到一丝恐惧,猛然间一个踉跄。怪事!可笑!于是他回到苹果树下。但她已经不见了,他能听见一阵窸窣,听见猪的呼噜,还有大门关上的声音。她不见了,只剩下这棵老苹果树!他伸出双臂抱住树干,可树干怎能替代她柔软的身体;他把脸贴在粗糙的苔藓上 —— 可苔藓又怎能替代她娇嫩的脸颊;唯有林间的芬芳,还跟刚才差不多!盛开的苹果花在他的头顶,在他的四周,在月光的照耀下显得更亮、更加生机盎然了,似乎在闪闪发光,呼吸着春天的气息。

七

阿瑟斯特在托基火车站下了车,在车站前面迟疑地徘徊了一阵,因为他对这个英格兰海滨圣地并不熟悉。他没注意自己穿了什么衣服,也没意识到自己这身打扮在人群中颇为显眼:粗呢诺福克夹克,沾着尘土的皮靴,还有一顶破帽子,他跨着大步,全然没有发现人们正一脸茫然地看着他。他在找自己那家伦敦银行的网点,刚一找到,便遇上了影响他心情的第一个障碍。他在托基有熟人吗?没有。既然如此,若是他能给自己在伦敦的银行发一封电报,他们在收到回电后便会很乐意为他效劳。从这个讲求实际的世界里吹来的对人怀疑的气息多少给他的如意算盘蒙上了一层阴影。但他还是发了电报。

几乎就在邮局的正对面,他看见一家卖女士服装的商店,于是他便带着新奇的感觉仔细看了看琳琅满目的橱窗。他得为自己那位乡下恋人置办衣服,这个任务着实让他感到不安。他走了进去。一个年轻女人迎了上来,她长着一双蓝眼睛,额头的表情微微有些疑惑。阿瑟斯特没说话,盯着她。

"需要帮忙吗,先生?"

"我想买一件年轻小姐穿的衣服。"

年轻女人笑了。阿瑟斯特皱起眉头,他猛然意识到自己的要求确实有点奇怪。

年轻女人忙问:

"您喜欢什么风格的 —— 时髦一点的?"

"不。朴素点的。"

"那位小姐什么身材?"

"我不知道。我想,应该比您矮个两英寸吧。"

"您知道她的腰围吗?"

梅根的腰围!

"哦！正常尺寸就行！"

"好的。"

她走开了，他惆怅地看着橱窗里的模特，突然感到难以想象梅根——他的梅根——会换下他总见她穿着的粗花呢裙子、粗糙的衬衣，还有那顶圆扁帽，穿上别的衣服。年轻女人回来了，胳膊上搭着好几件衣服，阿瑟斯特看着她把它们一件件在自己时髦的身子前比试。有一件鸽灰色的衣服，他很喜欢，但他无法想象梅根穿着它的样子。年轻女人走开了，又拿了几件过来。可是，阿瑟斯特此时却感到一种无力。怎么选呢？她还需要帽子、鞋子，还有手套。而且，假如他都买下了，它们穿在她身上却显得俗气了呢，就像乡下人穿着礼拜天的盛装时总显得俗气那样！她为什么不能按她本来的样子出行？啊！可是太显眼了会有问题，这可是认真严肃的私奔。他盯着那位年轻的女店员，心想："她不会猜到了吧，她会不会以为我是个流氓？"

"您能帮我把那件灰色的先放在一边吗？"他没办法，

终于说道,"我现在定不下来,我今天下午再过来。"

年轻女人叹了口气。

"哦!当然可以。这件衣服很是优雅。我看没有比这件更符合您要求的了。"

"我看也是。"阿瑟斯特轻声应了,便离开了商店。

再次从这个充满怀疑、讲求实际的世界脱身开来,阿瑟斯特深吸一口气,又坠入了幻想。他幻想着这个可爱的、对他充满信任的人儿即将把自己的生命与他结为一体;看见他和她在夜色中一同逃走,在月光下,他搂着她走上荒野,手里提着她的新衣服,一直走到远处的林子里,等到黎明将至,她便脱下旧衣服,换上新的,然后他们在一个很远的车站搭上早班火车,踏上蜜月之旅,最终,他们会消失在伦敦的人群里,爱情的梦幻成为现实。

"弗兰克·阿瑟斯特!老兄!从拉格比毕业后就没见过你!"

阿瑟斯特的眉头舒展开来,眼前的这张脸上有一双蓝眼睛,洋溢着灿烂的阳光 —— 在这样的脸上,阳光由内而外散发着光彩。他回答说：

"天哪！菲尔·哈利迪！"

"你在这儿干什么呢？"

"哦！没事儿。我暂时住在荒野上，就是过来转转，取点钱。"

"你有地方吃午饭吗？要不过来跟我们一起吃吧，我跟几个妹妹在一起。她们刚得过麻疹。"

阿瑟斯特被老友热情的胳膊挽着，一会儿上山，一会儿下山，走到城外，哈利迪满脸阳光，言谈间也热情洋溢，一路上开心地说个不停，解释着诸如"在这个发霉的地方，唯一还算说得过去的活动就是海水浴和划船了"等等，直到他们来到地势稍高、离海稍远的一排月牙形的屋子前，中间是一家旅馆，他们走了进去。

"来我房间洗洗吧。午饭一会儿就好。"

阿瑟斯特对着镜子打量自己。过去的两个星期，他住在农家的卧室里，每天只有一把梳子和一件换洗的衬衫，而此时此刻，各种衣服、刷子凌乱地散落在房间里，几乎像是来到了奢华的卡普阿。他心里想:"奇怪啊——人们意识不到……"可是意识不到什么呢?——他也不知道。

他跟着哈利迪去起居室吃午餐,在听见"这是弗兰克·阿瑟斯特;这几位是我的妹妹们"时,三张白皙的脸庞突然转了过来,三双蓝眼睛看着他。

其中两位确实还小,大概十岁和十一岁。另一位约莫有十七岁,个子很高,金色的头发,白里透红的脸蛋显出太阳晒过的痕迹,她的眉毛比发色深很多,从鼻头向两侧微微扬起。三人的声音都跟哈利迪很像,声调很高,语速欢快。她们笔直地站起身,飞快地跟阿瑟斯特握了一下手,挑剔地看了看他,然后立刻又扭头回去商量起下午的打算。真像是标准的戴安娜女神和她的侍女仙子!在农庄住了一阵,她们爽朗、热情、多用俚语的对话和沉静、利落、自然流露的优雅风度,在他眼里起初显得有些怪异,但随后却又变得如此自然,使得他刚刚离开的乡下的一切反倒突然变得遥远起来。两个小妹妹的名字好像是莎比娜和弗雷达,最大的那个叫斯黛拉。

这时,那个叫莎比娜的回头问他:

"我说,你想不想跟我们一起去捉小虾?特别好玩!"

阿瑟斯特对这个突如其来的友好有些吃惊,低声说:

"恐怕我今天下午得赶回去。"

"哦!"

"你晚点回去不行吗?"

阿瑟斯特扭头去看刚刚说话的这位,斯黛拉,他摇摇头,笑笑。她很漂亮!莎比娜失望地说:"你可以的嘛!"随后话题便转移到了山洞和游泳。

"你能游很远吗?"

"大概两英里吧。"

"哦!"

"啧!"

"好厉害!"

三双蓝眼睛盯着他,让他感受到自己新获得的重要地位——这种感觉很是惬意。哈利迪说:

"我说,你就应该留下来,去海里泡泡。你最好今晚就别走了。"

"是啊,留下来吧!"

但阿瑟斯特还是笑笑,摇了摇头。接下来,他突然发现自己接受了一系列关于体育成绩的盘问。他划过船——似乎是——大学的时候,参加过大学里的足球队,赢过大学里的英里跑,于是,等吃完饭起身离开餐桌时,他俨然已经成了某种英雄。两个小妹妹坚持要他去看"她们的"山洞,于是两人叽叽喳喳像喜鹊一样一左一右簇拥着阿瑟斯特,斯黛拉和哥哥跟在后面。这个山洞和其他山洞一样,潮湿、阴暗,唯一与众不同的是里面有一个水塘,水塘里可能有些能被抓进瓶子里的小生物。莎比娜和弗雷达光着晒成棕色的腿,鼓动阿瑟斯特同她们一起到水塘中间,帮她们筛水。于是他三下两下也脱了鞋袜。当一个富于审美的人,看到水塘里这些漂亮的小姑娘和边上站着的年轻的戴安娜,并且不论你捉到什么,她们都欢叫着接过来时,时间会过得很快。阿瑟斯特本就没什么时间观念,等他拉出怀表一看,早已过了三点,不禁大吃一惊。

今天是兑不了支票了——不等他赶到,银行就要关门了。小姑娘们看着他的表情,立刻叫起来:

"太好啦!这下你得留下来咯!"

阿瑟斯特没吭声。梅根的脸又出现在他眼前,那是早餐的时候,他低声对她说:"亲爱的,我去托基搞定所有的东西,今晚回来。要是天气好,咱们今晚就走。做好准备。"他脑海里又浮现出她浑身颤抖,屏气凝神听他说话的样子。她会怎么想?他忽然意识到另外这位年轻姑娘正静静地审视着他,他赶紧让自己镇定下来。这个姑娘个子很高,很漂亮,好像女神戴安娜,她正站在水塘边上,微微上扬的眉毛下方那双蓝眼睛正惊讶地看着他。要是她们知道他在想些什么——要是她们知道今晚对他意味着什么!啊,那她们定会鄙夷地撇下他,把他一个人留在这山洞里。于是他把怀表放回口袋,带着一种混杂了愤怒、懊恼和羞愧的奇特情绪,没头没脑地说了一句:

"是啊,我今天完蛋了。"

"好耶!你得跟我们去洗海水澡了。"

面对这些可爱的小姑娘心满意足的欢呼,面对斯黛拉唇上的笑意,还有哈利迪说的"好极了,老兄!过夜需要什么我借给你!"不听他们的是不可能了,但阿瑟斯特心头还是一阵抽痛,既渴望,又懊恼,于是他快快地说:

"我得去发个电报!"

水塘玩腻了,他们便回了旅馆。阿瑟斯特发了电报,是给纳拉科姆太太的:"甚歉,今晚因事驻留,明回。"纳拉科姆太太当然能理解他有很多事情要办,于是他感到轻松了些。今天下午天气很好,暖洋洋的,碧蓝的海水一片宁静,游泳也是他酷爱的运动。这些可爱的小姑娘对他的好感让他飘飘然,他看看她们,看看斯黛拉,还有哈利迪充满阳光的脸,感到满心快活。这一切似乎有些不真实,然而又极其自然——仿佛是他同梅根孤注一掷前对寻常人生的最后一瞥!他拿了借来的泳衣,大家便一起出发了。他和哈利迪在一块大石头后面换了衣服,三个姑娘在另一块石头后面也换了。他第一个入海,并且立刻逞强地游了出去,想证明自己刚才的吹嘘并非言过其实。等他转过身来，看见哈利迪沿着岸边在游，姑娘们则在笨拙地拍水嬉戏，掀起小小的浪花，平时他是看不上这些的，但此刻却觉得她们既可爱，又明事理，因为正好能凸显出他是唯一水性好的人。但是当他向她们靠近时，又不确定她们会不会欢迎自己这个生人加入戏水的行列，当他游近那个瘦削的仙女时，感到害羞起来。接着，莎比娜喊他过去教她浮水，他在那两个小姑娘中间忙得不可开交，甚至都没空去留意斯黛拉是不是适应有他在身边，直到他突然听到她惊恐的叫声：她站在齐腰的水中，身子微微前倾，伸出雪白细长的胳膊指着远处，湿漉漉的脸因为日照和恐惧而皱了起来：

"快看菲尔！他还好吗？哦，看呐！"

阿瑟斯特一眼看出菲尔出了状况。他在大约百米开外的地方，正拼命拍水挣扎，水已经要没过他，他突然大叫一声，举着双臂沉了下去。阿瑟斯特看到那姑娘纵身向他游去，便喊道："回去，斯黛拉！回去！"然后自己冲了过去。他从没游过这么快，等哈利迪再次浮出水面时，他正好赶到。哈利迪的腿抽了筋,但好在他没有挣扎,所以把他拖回来并不算吃力。那姑娘还停在阿瑟斯特让她回去的地方,等他们一回到浅水区,她便过来帮忙,到了沙滩上,两人便分别在哈利迪的身子两侧坐下,帮他按摩四肢,两个小女孩一脸惊恐,站在一旁。不一会儿,哈利迪已经在笑了。他说自己真烂,实在是烂!要不是弗兰克去拉他一把,他现在就该穿寿衣了。阿瑟斯特伸过胳膊去搂住他,这时,他看见斯黛拉的脸,湿漉漉、红通通的,满脸泪水,完全失去了平静。他想:"我刚刚直呼她斯黛拉!不知道她会不会介意?"

穿衣服的时候,哈利迪平静地说:"老兄,你刚刚救了我的命!"

"废话!"

大家穿好衣服,但都还没完全恢复平静,他们一起回了旅馆,坐下喝茶。除了哈利迪,他回房间躺着去了。吃了几片涂了果酱的面包,莎比娜说:

"我说,你知道吗,你真是个好人!"弗雷达也插嘴进来：

"确实！"

阿瑟斯特见斯黛拉垂下了眼睛，他不安地站起来，走到窗边。他在那儿听到莎比娜咕哝道："我提议，咱们歃血为盟吧。弗雷达，你的刀在哪儿？"他从眼角看到她们每人都郑重其事地刺破手指，挤出一滴血蘸到一小片纸上。他转身朝门口走去。

"别溜！回来！"他被抓住了胳膊，两个小姑娘押着他回到桌旁。桌上放着一张纸，纸上用血画了个小人，还有三个名字：斯黛拉·哈利迪、莎比娜·哈利迪、弗雷达·哈利迪——也是用血写的，围在小人旁边，就像星星射出的光芒。莎比娜说：

"那就是你。你知道，我们得亲你。"

弗雷达跟着起哄：

"哦！亲咯！"

阿瑟斯特来不及逃走，便感觉一缕湿乎乎的头发贴到自己脸上，鼻子似乎也被什么东西咬了一口，左臂被拧了

一把,还有谁的牙齿在他的脸颊上蹭来蹭去。等这一轮结束了,弗雷达说:

"该斯黛拉了。"

阿瑟斯特满脸通红,身子都不听使唤了,看着桌子对面同样满脸通红、直愣愣站着的斯黛拉。莎比娜咯咯笑起来,弗雷达叫道:

"快点儿——就差你们了!"

阿瑟斯特感到浑身袭来一种奇怪而又羞怯的渴望,接着他便镇静地说:

"闭嘴吧,你们这些小坏蛋!"

莎比娜又咯咯笑起来。

"好啦,这样吧,她可以先吻她的手,然后你把她的手放到你的鼻子上。这可便宜你们啦!"

让他惊讶的是,那姑娘居然真的吻了自己的手,然后伸给他。他庄重地接过那只凉冰冰、纤细的手,贴在自己的脸颊上。两个小女孩鼓起掌来,弗雷达说:

"好了,从现在起,不论什么时候,我们都得救你,就这么定了。我能再喝一杯吗,斯黛拉,不要这么淡得要命的?"

于是大家继续喝茶,阿瑟斯特把那张纸折好,放进口袋。话题转移到了得麻疹的好处,橘子,勺子里的蜂蜜,不用上课,等等,诸如此类。阿瑟斯特静静地听着,跟斯黛拉保持着友好的眼神交流,她的面色已经恢复正常,那是阳光晒过的白里透红。能被这样一个欢乐的家庭视为至亲,真是件令人欣慰的事,单单看着这些姑娘的脸都令人赏心悦目。喝完茶,两个小女孩压海藻玩,他便同斯黛拉坐在窗前说话,看她的水彩画。这一切就像一场愉快的梦,时间停滞,事情也放下了,重要的事和现实世界都被搁在一旁。明天,他就要回到梅根身边,就要同这里的一切告别,除了口袋里这张带着这些孩子的血印的纸。孩子们!斯黛拉可不是孩子——她跟梅根一样大!她的言谈——语速很快,有点生硬而又羞涩,但很友好——似乎他越沉默,她的话就越多,而且她身上有种娴静纯洁的感觉——她是大家闺秀。晚餐时,哈利迪因为吞了太多

的海水没有来吃,莎比娜说:

"我准备以后叫你弗兰克了。"

弗雷达附和道:

"弗兰克,弗兰克,弗兰基。"

阿瑟斯特咧嘴笑了,向她们鞠躬行礼。

"如果斯黛拉再叫你阿瑟斯特先生,每叫一声就要罚她一次。太可笑了。"

阿瑟斯特看着斯黛拉,她渐渐涨红了脸。莎比娜咯咯笑起来,弗雷达叫道:

"她'冒烟'了——'冒烟'了!——呀!"

阿瑟斯特两只手伸出去,左右开弓,每只手都抓了一把金色的头发。

"嘿,"他说,"你们俩!别招惹斯黛拉了,否则我就把你们捆到一起!"

弗雷达咯咯笑:

"疼!你这个坏蛋!"

莎比娜小心翼翼地低声说:

"你看,你叫她斯黛拉!"

"我为什么不能叫?这个名字很好听啊!"

"好吧,我们批准了!"

阿瑟斯特松开她们的头发。斯黛拉!这下,她该叫他什么呢?但她什么也没叫。一直到回房睡觉前,他故意说:

"晚安,斯黛拉!"

"晚安,阿——晚安,弗兰克!你知道的,你刚才真好!"

"哦——嗨!那都不算事儿!"

她飞快地伸出手来,紧紧地握了一下他的手,然后立刻又松开了。

阿瑟斯特一动不动地站在空荡荡的起居室里。就在昨晚,在苹果树和满树的繁花下,他还搂着梅根,吻着她的眼和唇。他被这股回忆的潮水击得倒吸一口凉气。原本今晚就该开始的——她进入他的生活,她只想和他在一起!而现在,还得再过二十四个小时,甚至更多,只因为——他没有看表！为什么在他告别天真无邪和属于它的一切时，偏偏又和这样天真无邪的一家子交上了朋友呢？"可是，我要娶她，"他想，"我跟她说了的！"

他拿了一支蜡烛，点着了，便回自己的房间去，就在哈利迪隔壁。他路过哈利迪的房间时，听见朋友在里面叫他：

"是你吗，老兄。我说，进来吧。"

哈利迪正坐在床上，一面抽着烟斗，一面读书。

"坐会儿吧。"

阿瑟斯特在窗边坐下了，窗户开着。

"你知道，我一直在想今天下午的事，"哈利迪突然开口了，"人家说，你会把过去的事全都回忆一遍。我没有。我想，可能是我还没要死吧。"

"你都想了什么？"

哈利迪沉默片刻，轻声说：

"嗯，我的确想到了一件事——挺奇怪的——是一个剑桥的姑娘，我本可以——你知道的。我很庆幸我没爱上她。不管怎样,老兄,我现在这条命是你给的,否则我现在就在黑漆漆的大海里了。不需要床,不需要烟,什么都不需要了。我说,你说人死了会怎么样?"

阿瑟斯特喃喃地说:

"我想,就像火焰熄灭那样吧。"

"呼!"

"或许,我们会闪烁两下,会弥留片刻。"

"嗯!我看那可够惨的。我说,希望我那几个妹妹对你还好吧?"

"非常好。"

哈利迪放下烟斗,双手交叉放到脑后,扭头看着窗户。

"还真是好孩子!"他说。

阿瑟斯特看着朋友面带微笑躺在那儿,脸上映着烛光,感到不寒而栗。千真万确!他本可能躺在那儿,脸上不再有笑容,阳光的面庞永远消失不见!甚至,他还可能压根没躺在那儿,而是葬身海底,被沙子吞噬,等待第九天的重生,是第九天吗?突然间,哈利迪的笑容在他的眼

里变得格外美好,仿佛生与死的全部区别就在于此——那小小的火焰——生命的全部!他站起来,轻声说:

"好了,我看,你该睡了。要我把蜡烛吹灭吗?"

哈利迪握住他的手。

"我无法用言语表达,你知道我要说什么,可是,死一定很难受。晚安,老兄!"

阿瑟斯特很受触动,他使劲握了握哈利迪的手,便下了楼。前厅的门还开着,他穿门出去,来到月牙形建筑前面的草坪上。深蓝的天空里,星光闪烁,几枝丁香花在星光下显出只在夜里才会呈现的难以名状的神秘色彩。阿瑟斯特把脸贴在一小棵花枝上,闭上眼睛,梅根便出现在他眼前,怀里还抱着那只棕色的小猎狗。"我想到了一个姑娘,我本可能,你知道的。我真庆幸我没爱上她!"他扭头离开丁香花丛,开始在草地上踱来踱去,仿佛一个灰色的幽灵,只在草坪两头灯光的照耀下才短暂地现出人形。他又和她在一起了,在那生机盎然、生气勃勃的白色繁花下,旁边是潺潺的小溪,月亮映在洗澡的溪水池里,闪着铁青色的光；他又记起那个令人心动而又美妙的异教徒式的夜晚，想起她仰起的小脸，那么纯真，那么谦卑地爱着他，他想起自己吻这张脸时的心花怒放。他又回到丁香花的影子下面，静静地站着。这里，夜的声音是海，而不是小溪；大海，还有它的叹息和窸窣；没有小鸟，没有猫头鹰，没有欧夜鹰的啼鸣和盘旋；只有一架钢琴在叮咚奏响，白色房子的轮廓划破天际，空气中弥漫着丁香花的芬芳。旅馆楼上的一个窗户亮了，他看见一个人影从百叶窗后面穿过。他的内心涌起了最为奇特的情感，似乎一种情感在自己翻腾、缠绕、旋转，好像春天和爱情正困惑不解地在寻找出路，却被难住了。叫他弗兰克、突然紧紧握了他的手的这个姑娘，她是那么娴静纯洁——她会怎么看待这种疯狂、不合法理的恋爱呢？他瘫坐在草地上，盘腿背对着旅馆，一动不动，宛如一尊佛像。他真的要冲破无邪，去私奔吗？嗅一嗅野花的芬芳，然后——或许——把它扔掉？"想起一个剑桥的姑娘，我本可以——你知道的！"他两只手放在身体两侧的草地上，掌心向下按下去，草还有些温热——有一点点潮，柔软，坚定，而又友好。"我该怎么办呢？"他想。或许梅根正在窗前，望着远处的苹果花，想着他！可怜的小梅根！"为什么不呢？"他想，"我爱她！可是，我真的爱她吗？还是仅仅因为她的可爱、因为她爱我而想得到她？我该怎么办？"钢琴声还在响着，星星仍然眨着眼睛，阿瑟斯特注视着面前黑森森的大海，似乎入了迷。终于，他站起身，腿又麻又冷。所有的窗户都黑了，他也回去睡觉了。

八

一夜无梦。一阵猛烈的敲门声把他从沉睡中惊醒,一个尖尖的声音叫他:

"嘿!吃早饭了。"

他跳了起来。他在哪儿——?啊!

他到的时候,他们已经在吃橘子酱了,他在斯黛拉和莎比娜中间的空位子上坐下,莎比娜朝他看了看,说:

"我说,你快点儿,我们九点半就出发了。"

"我们要去贝里角,老兄,你一定要来!"

阿瑟斯特心想:"去!不可能。我得赶紧买好东西回去了。"他看了看斯黛拉。她立刻说:

"一定要去!"

莎比娜插嘴说：

"你不去就没意思了。"

弗雷达起身站到他的椅子后面。

"你一定要去，否则我就拽你的头发了！"

阿瑟斯特心想："呃——多待一天——好好想想！那就再待一天！"于是他说：

"好啦！你不用拽我的鬃毛了！"

"耶！"

他在车站又给农庄写了一封电报，可写完又把它撕了，他也说不清为什么。他们乘着一辆很小的四轮轻便马车，从布里克瑟姆出发了。车上，他挤在莎比娜和弗雷达中间，膝盖顶着斯黛拉的膝盖，大家一起玩牌。嬉戏间，他心头的愁闷也渐渐消散了。在这个原本打算用来仔细思量的一天，他却不愿去想！他们赛跑、摔跤、划船——因为今天没人想游泳了——他们轮流唱歌、玩游戏，把带来的东西吃了个精光。回去的路上，小姑娘们靠在他身上睡着了，在狭小的车厢里，他的膝盖仍然顶着斯黛拉的膝盖。在火车上，他跟斯黛拉聊诗歌，知道了她最喜欢的诗，还带着一种愉快的优越感把自己最喜欢的诗也告诉了她，直到她突然轻声说：

"菲尔说你不相信来世，弗兰克。我觉得这很可怕。"

阿瑟斯特被这突如其来的一句弄得不知所措，咕哝道：

"我不相信有，也不相信没有——我只是不知道。"

她立刻说：

"我可受不了。那样活着还有什么意思呢？"

阿瑟斯特看那两条漂亮的上扬的眉毛皱了起来，回答说：

"我认为，不应该为了相信而相信什么。"

"可是，如果人没有来世，为什么还会想获得重生呢？"

她郑重地看着他。

他不想伤害她，但心里又痒痒地想显得自己很厉害，便说：

"当人活着的时候，自然想长命百岁，这就是活着的一部分。但或许也仅此而已。"

"所以,你也根本不相信《圣经》?"

阿瑟斯特想:"这下子我可真要伤她的心了!"

"我信《登山宝训》,因为它永远都很美好。"

"但你不相信基督是神圣的吗?"

他摇摇头。

她立刻转过头去,看着窗外,他的脑海中立刻响起小尼克告诉他的梅根的祈祷:"愿上帝保佑我们大家,愿上帝保佑阿修斯先生!"还有谁会为他祈祷呢,此时此刻,她一定在等他——等着看到他从小巷过来!他立刻想道:"我真是个混蛋!"

整个晚上,这个念头不断地冒出来,不过,正如并不少见的情况,随着这个念头一次次出现,那种酸楚感越来越弱,到了最后,当混蛋几乎成了理所应当。还有——奇怪的是!他不知道自己究竟是回去找梅根算混蛋,还是不回去找她算混蛋。

他们开始打牌,直到小妹妹们被打发去睡觉,然后斯黛拉便坐到钢琴旁。阿瑟斯特坐在窗边几乎在黑暗里的位子上,看着两侧烛光之间的她——细长雪白的脖子上面,金色的脑袋随着双手的动作向前俯弯。她弹得很流畅,没有什么情感流露,但她构成的这幅画面多美啊,淡淡的金色光泽,身边萦绕着一种天使般的气息!面对这样一个一袭白衣、摇摆着身体、有着天使般美丽的脑袋的姑娘,谁能冒出情欲的念头或是疯狂的欲念呢?她弹了一首舒曼的《为什么》,随后,哈利迪拿出一支笛子,气氛就变了。之后他们又从一本舒曼的歌曲集中选了几首,让阿瑟斯特唱歌,斯黛拉伴奏,《我没有怨恨》这首歌唱到一半时,两个小家伙穿着蓝色的睡袍偷偷溜了进来,想躲在钢琴下面。这个夜晚在混乱中结束了,用莎比娜的话说,是"一个绝妙的恶作剧"。

那天,阿瑟斯特几乎一夜无眠。他思前想后,翻来覆去。过去两天里,他似乎被哈利迪一家浓烈的亲密感包围了,使得农庄和梅根——甚至梅根——显得不那么真实了。他真的向她求爱了吗——真的发誓要把她带走、一同生活了吗?他一定是被那春天、被那夜晚,还有那些苹果花迷住了心窍!这个五月的疯狂可以将他们两人一齐摧毁!想到自己要把她——那个还不满十八岁的单纯的孩子——变成情妇,他感到浑身的恐惧,尽管这个念头也依然让他血脉偾张。他喃喃自语:"太可怕了,我都做了什么——太可怕了!"舒曼的乐曲在他耳边响起,和他焦躁不安的思绪交织在一起,他又看见斯黛拉娴静、白皙、金发的身姿,她前倾的脖颈,还有萦绕在她身边的奇怪的、天使般的光辉。"我一定是——我一定是疯了!"他想。"我是脑子进水了吗?可怜的小梅根!""愿上帝保佑我们大家,还有阿修斯先生!我想和您在一起——只想要和您在一起!"他把脸埋在枕头里,强忍住一阵抽泣。不回去很可怕!回去呢——更可怕!

感情这东西,当你年轻、任其发泄的时候,它便会失去折磨人的力量。于是他便睡着了,心里想着:"那算什么——几个吻而已——过一个月就忘了!"

第二天上午,他兑了支票,但是像躲瘟疫一样避开了卖鸽灰色裙子的商店；相反，他给自己买了几件必需品。他在一种奇怪的情绪里度过了一整天，带着某种对自己的愠怒。前两天的渴望被一片空白所取代——热情的渴望全部消失了，似乎被那股突如其来的泪水熄灭了。喝完茶，斯黛拉拿来一本书放在他身边，羞涩地说：

"你读过这本书吗，弗兰克？"

是法勒的《基督生平》。阿瑟斯特笑了。她如此操心他的信仰，让他觉得好笑，但又很感动。或许这还会传染，因为他开始迫切地想证明自己有理，即便不是为了改变她的信仰。到了晚上，当妹妹们和哈利迪在修补捕虾的网时，他说：

"在我看来，在正统的宗教背后，总是有获得回报的想法——行善能够让你得到什么，这是一种祈福。我看，这一切都来源于恐惧。"

她正坐在沙发上用一段绳子打平结，便立刻抬头说：

"我觉得比这个要深刻得多。"

阿瑟斯特再次感到想要显摆自己的愿望。

"你这么想,"他说,"想获得补偿,恐怕是我们所有人心里藏得最深的东西!要想挖根刨底,就太难了!"

她疑惑地皱起眉头。

"我不太明白。"

他固执地接着说:

"呃,你想啊,你看,那些最虔诚的信徒,不恰恰是那些认为此生没能得到自己想要的全部的人吗?我相信要行善,因为行善本身是好事。"

"所以,你相信要行善咯?"

此刻,她看上去美极了——想跟她搞好关系,真是太容易了!他点点头说:

"我说,教教我怎么打那个结!"

她手把手地教他用一小段绳子打结,她的手指触到他的,他感到既欣慰,又高兴。上床时,他故意去想她,把自己包裹在她那美好、娴静、姊妹般的光辉里,仿佛披上了一件防护衣。

第二天,他发现他们安排好了乘火车去托特尼斯,然后在贝里·柏米罗伊古堡野餐。怀揣着忘记过往的决心,他和他们一齐坐上了四轮马车,和哈利迪并排,背对着马,出发了。接着,沿着海边,快到去火车站的路口那里,他的心几乎跳到了嗓子眼儿。梅根——的确是梅根!——正走在远处的小路上,穿着她那件旧裙子、旧外套,还戴着那顶圆扁帽,她正仔细看着一个个过往行人的脸。他本能地抬手把脸遮住,又装作揉眼睛的样子,可是,他从指缝里仍然看到了她,她走在路上,脚步不像在乡下那么自如,而是犹豫不决,好像迷路了一般,让人心生怜悯——仿佛一只同主人失散的小狗,不知道该往前跑,还是往后跑——不知道该往哪儿跑。她怎么就这么来了?——她找了什么借口出来的?——她心里盼着什么?但是,随着车轮的每一次转动载着他离她远去,他的心在抗议,在大喊,要他让车轮停下,要他下车,去找她!当马车拐了弯向火车站开去时,他再也忍不住了,一边打开车厢门,一边咕哝道:"我落东西了!你们走吧——别等我!我搭下一班火车去城堡找你们!"说着,他便跳了下去，差点摔倒，他急忙转身站稳，接着便往前走，马车载着大吃一惊的哈利迪兄妹继续向前开去。

他在路口刚好能看见梅根，在他前面一大截。他跑了几步，然后克制住自己，放慢脚步往前走。他每靠近她一步，每远离哈利迪兄妹一步，就走得更慢一些。怎么一看到她，一切都变了呢？怎么样能让去找她以及之后会发生的事不那么丑陋呢？因为，有一点已经无法隐瞒——自从遇到哈利迪一家，他越发确信自己不会和梅根结婚了。这只能是一场疯狂的爱恋，一段会带来麻烦和悔恨的艰难时期——然后呢——哎，然后他就会厌倦，正因为她把一切都给了他，她是那么单纯，那么信任他，清澈得像露水一样。而露水——是要消失的！她头上的圆扁帽，像一个褪了色的小斑点，远远地在他眼前晃动。她仔细看着每一张脸，还向房屋的窗子里张望。有哪个男人曾经历过这样残酷的瞬间？不论他做什么，他都觉得自己像个畜生。他悲叹一声，旁边一个保姆扭头盯着他看。他看到梅根停住了，靠在海堤上，看着大海，他便也停下了脚步。她很可能从没见过大海，甚至在痛苦中，也仍然忍不住想停下来看看。"是的——她什么也没见过，"他想，"一切都在前面等着她。仅仅因为几个星期的激情，我就会把她的人生撕得粉碎。我宁愿去上吊，也不能这么做！"突然间，他仿佛看到斯黛拉沉静的眼睛在看着他，她额上蓬松的头发被风吹起。啊！这意味着疯狂，意味着放弃他所尊重的一切，还有他的自尊。他转身迅速朝火车站走去。但是，那个可怜的、不知所措的小身影，那双在行人中搜索的焦急的眼睛，让他感到深深的不安，于是他又转头向海边走去。

那顶帽子已经看不见了，那个带颜色的小斑点也消失在午间的茫茫人海里。他被强烈的渴望促使着，加之当生活似乎要将某些东西从你身边带走时才会感受到的稀缺，他急急忙忙往前走。哪里也看不见她，他找了半个钟头，最后让自己面朝下瘫倒在沙滩上。他知道，要想找到她，只要去火车站等着就可以了，等她找不着他，自会回来乘车回家；或是自己乘车回农庄去，这样她一回去就能看到他了。可他一动不动躺在沙子里,旁边是一群群孩子,拿着铲子和小桶,旁若无人地玩着沙子。对那个到处徘徊找寻的小人儿的同情,已经几乎淹没在他偾张的血脉里,因为,现在看来,那一切都是疯狂的感情——其中曾经有过的骑士侠义的部分已经烟消云散。他又想要她了,想要她的吻,她那柔软娇小的身体,那不顾一切的态度,还有那全部急切、温暖、异教徒式的感情;他想要那天晚上月光照耀的苹果枝下的美妙感觉;他迫切地想得到这一切,就像农牧神迫切地想得到林中仙女一样。游着鳟鱼的那条晶亮的小溪汩汩流淌,那金黄耀眼的毛茛花,那片老"野人"出没的石头堆,杜鹃和绿啄木鸟的啼鸣,猫头鹰的号叫;那红红的月亮,在黑丝绒般的夜空里偷看生机盎然的洁白的苹果花;出现在窗口的她那张迷失在爱情中的脸,够也够不着;还有苹果树下,贴在他胸口的她的心,吻在他唇上的她的唇——这一切萦绕着他。然而,他一动不动地躺在那里。是什么在同怜悯和这狂热的渴望相抗衡,让他瘫在温暖的沙子里动弹不得?三个亚麻色的脑袋——一张白皙的脸庞,一双友好的蓝灰色眼睛,一只纤细的手握住他的手,一个轻快的声音唤着他的名字——"所以,你相信行善咯?"是的,还有一种仿佛古老英格兰围墙里花园的气息,里面种着石竹、矢车菊和玫瑰,薰衣草和丁香散发着清凉美丽的芬芳,这种气息质朴甚而圣洁——他从小就生活在这样的气息里,这让他感到洁净而又美好。他突然想道:"说不定她还会再来海边,那她就会看到我的!"于是他起身走到沙滩尽头的岩石那边。在那里,浪花飞溅在他脸上,他可以更冷静地想一想。他知道,回到农庄去,在林中、石间以及周遭与之相配的荒野里与梅根相爱,是不可能了,绝对不可能。而要让她这样一个完全属于大自然的人移居到大城市,关在一间小公寓或是几间小屋子里——对此,他内心的诗人气质让他连想都不敢想。如果那样,他的激情就只是肉欲的放纵,很快就会消散;而在伦敦,她的天真无知和目不识丁,只会让她沦为他的秘密玩物——仅此而已。他两只脚悬在一片碧绿的水域上方,海水从这里逐渐消退,他坐得越久,关于这一点就看得越明白;但似乎她的双臂、她的整个身体都在从他身边慢慢、慢慢地向下滑,滑进那片水里,要被冲进大海;她仰着的脸,那一脸的茫然,带着乞求的眼神,还有那湿乎乎的黑发——一齐笼罩着他,困扰着他,折磨着他!终于,他站起身,爬上低矮的石壁,又下到一处有遮掩的小海湾里。或许,他在海里能找回自己的控制力——甩掉这热病!于是他脱掉衣服,游了出去。他想让自己累一点,累到什么都顾不上,于是便不顾一切地飞快地游出很远。接着,他又毫无缘由地害怕起来。要是他游不回来了呢——要是他被海浪卷走了呢——或者,要是他也像哈利迪那样抽筋了呢!于是他掉头往回游。红色的峭壁看上去很遥远。要是他淹死了,人们会找到他的衣服,哈利迪一家会知道;而梅根可能永远都不会知道——农庄里没订报纸。菲尔·哈利迪的话又在他的耳边响起:"我在剑桥时遇见的一个姑娘,我本可以……真庆幸我没有爱上她!"那一瞬间,他感到一种无名的恐惧,他发誓再不去想她。于是,恐惧感消失了,他轻松地游了回来,在阳光下晒干身子,穿上衣服。他心里有点疼,但不再痛苦。他浑身都舒爽了。

在阿瑟斯特这个年纪,怜悯并不会成为一种强烈的情感。回到哈利迪一家的起居室,他狼吞虎咽地吃了顿茶,感到自己从热病中恢复了。一切都焕然一新,明晰起来,茶、黄油吐司和果酱都好吃极了,烟叶也从没这么香过。他在空荡荡的屋里走来走去,不时地停下来看一看,摸一摸。他拿起斯黛拉的针线筐,用指头去抚摸那些棉线圈和一束编得五颜六色的丝线,还闻了闻她放在筐里的一个填满车叶草的小香袋。他在钢琴旁坐下,用一根手指头弹了几段,心想:"今晚她会弹琴,我就看着她弹,看着她对我有好处。"他拿起昨天她放在他身边的那本书,试着去读,可梅根那哀伤的小身影立刻又回来了,他起身倚在窗边,听新月旅馆花园里画眉鸟的歌声,凝视着树底下如梦如幻的蔚蓝的大海。一个仆人进来把茶具收走,他仍旧站在那里,呼吸着夜晚的空气,努力让自己不再去思前想后。这时,他看见哈利迪一家拎着篮子进了新月旅馆的大门，斯黛拉走在菲尔和妹妹们前面一点，他本能地退到后面。他心烦意乱，既害怕接下来的见面，又渴望得到友情的慰藉——他对他们给他带来的影响心怀怨恨，而又渴求着他们的清新和无邪，还有看着斯黛拉的脸的时候自己心中的愉悦。他从钢琴后面的墙边看见她走进来，表情有些茫然，似乎有点失望的样子；接着，她看到他，立刻便露出了灿烂的笑容，这让阿瑟斯特感到既温暖，又心烦。

"你根本没来找我们，弗兰克。"

"没，我发现我去不了了。"

"你看！我们采了这么好看的晚紫罗兰！"她递过来一把。阿瑟斯特把鼻子凑上去闻了闻，心中荡漾起朦胧的渴望，但他立刻又冷静下来，因为眼前又浮现出了梅根那仰着在路人中搜寻的焦灼的脸。

他只简短地回了一句："真好啊！"便走开了。他上楼回了自己的房间，躲开那两个正爬上楼的小妹妹，一头倒在床上，双臂交叉盖在脸上，躺着。此时此刻，他感到一切已成定局，梅根已经被他抛弃，他恨自己，并且几乎恨起哈利迪一家来，恨他们家健康快乐的英格兰氛围。

　　他们为什么偏偏这么巧来了这儿，赶走了他的初恋——让他看到自己不过是个庸俗的骗子？斯黛拉有什么权利，凭她那白皙、羞涩的美，就让他真真切切地认识到自己绝不会同梅根结婚，并且让这一切黯然失色，给他带来如此苦涩而又带着懊悔的渴望和如此强烈的怜悯？梅根这会儿该回去了，这次伤心的寻找一定让她疲惫不堪——可怜的小东西！——或许她还期待着到家能见到他。阿瑟斯特咬住衣袖，强忍住充满自责的渴望的呻吟。他闷闷不乐、一言不发地吃了晚饭，他的情绪甚至让孩子们也低落起来。这是一个郁郁寡欢的夜晚，因为大家都累了。他几次注意到斯黛拉用一种受伤、不解的眼神看着他，这倒让他糟糕的心情好了一点。他没睡好，早早就起了，便出去散步。他来到海边。孤身一人置身于静谧、蔚蓝、阳光下的大海边，他的心情轻松了些。自负的傻瓜——居然以为梅根能有多难过！再过一两个星期，她就会差不多忘个一干二净！而他呢，他会得到行善的奖赏！一个善良的年轻人！要是斯黛拉知道了，她会为他抵制住了她所相信的魔鬼而祝福他。他不禁发出一声刺耳的冷笑。但是，大海和天空的宁静和美好，还有那孤独海鸥的翱翔，又慢慢地让他感到羞愧。他洗了个海水澡，便往回走。

斯黛拉正坐在新月花园里一张折凳上，她在写生。他悄悄走近她身后。她真白，真美，她勤勉地俯着身子，握着画笔，蹙着眉头在比画着。

他轻声说：

"对不起，斯黛拉，我昨晚太粗鲁了。"

她吓了一跳，转过身来，脸上一片绯红。她像平常那样语速飞快地说：

"没关系。我知道有点什么事。朋友之间这没什么，不是吗？"

阿瑟斯特回答：

"朋友之间——我们是朋友，对吧？"

她抬头看看他，使劲点点头，脸上立刻有了灿烂的笑容，露出雪白的上牙。

三天以后，他和哈利迪兄妹一起回到伦敦。他没有给农庄写信。他又能说些什么呢？

第二年四月的最后一天，他和斯黛拉结婚了……

以上就是阿瑟斯特在自己银婚纪念日这天坐在荆豆丛中的墙根回忆起来的往事。这里，他摆好午餐的地方，一定就是他第一次看见梅根时她站的地方，就在这里，她身体的轮廓映在天空里。多么离奇的巧合！他的内心涌起一股冲动，想下去再看一看农庄和果园，还有闹吉卜赛鬼的草地。这花不了多长时间，斯黛拉估计还要再画上一个钟头呢。

这一切他都记得清清楚楚——山顶上的那一小片松树，还有后面那座长满绿草的陡峭的小山！他在农庄的门口站住了。矮矮的石头房子，紫杉树围成的门廊，鲜花盛开的醋栗丛——完全没变，甚至那张漆成绿色的旧椅子也还在窗下的草地上，那天夜里，他就是站在这里向她伸出手去取钥匙。接着,他走进小巷,靠在果园门口——跟当年一样,还是那扇灰色的像骨架一样的门。甚至还有一头大黑猪在树间走来走去。真的过去二十六年了吗?还是他做了一个梦,醒来发现梅根正在大苹果树下等他?他不觉伸手去摸摸自己灰白的胡须,回到现实来。他推开大门,穿过那片酸模和荨麻,一直走到果园尽头的老苹果树下。还是当年的样子!只是灰绿色的苔藓多了一些,有了一两根枯枝,其余的一切恍若当年,让他感觉仿佛就在昨夜,梅根逃走后,自己抱住长着青苔的老树干,吸着木头的香气,在他的头顶上,月光下的苹果花似乎有了生气。正是早春时节,树上已经冒出几颗花蕾,乌鸦们唱着歌,还有一只杜鹃在啼鸣,明亮的阳光暖洋洋的。一切如故,简直令人难以置信——游着鳟鱼的小溪仍然淙淙流过,那个狭小的洗澡池也还在那里,每天早晨,他都会躺在里面,把水淋到肚子和胸脯上。远处荒凉的草地上,山毛榉丛和传说中吉卜赛鬼坐着的那块石头仍然立在那里。阿瑟斯特感到一阵痛楚,他感伤青春已逝,只剩下渴求,他感到自己挥霍了爱情和甜蜜，不觉喉咙堵得慌。诚然，在这片天然去雕饰的美丽土地上，人本该欣喜地追随内心，正如这片大地和天空一样！然而，他却做不到！

他走到小溪旁，低头看着小小的水池，心想："青春，还有春天！我想知道，它们都怎么样了？"

这时，他突然害怕有人过来，惊扰了自己的这段回忆，便退回到小巷里，若有所思地走回路口。

一位花白胡子的雇工正拄着拐棍，站在车子旁边同司机说话。他看到阿瑟斯特过来，立刻停止了话茬，像是担心失礼的样子，抬手碰碰帽檐，然后便一瘸一拐地准备走下小巷。

阿瑟斯特指着那座狭长的长着绿色草皮的土堆，问："请问，这是什么？"

老先生站住了，他的表情似乎在说："您可算问对人了，先生！"

"这是座坟。"他说。

"坟怎么安到这儿来了？"

老人笑笑，说："可以说，这里头有段故事。我讲这故事也不是头一回了——好多人都问过我那块盖着草皮的坟是怎么回事。我们都叫它'姑娘坟'。"

阿瑟斯特把烟袋递过去："抽点儿吗？"

老人又抬手碰了碰帽子，然后慢吞吞地把他的旧陶土烟斗装满。他那被头发遮住的眼睛周围满是皱纹，但目光依然炯炯有神，他抬眼看着阿瑟斯特。

"您不介意的话，先生，我想坐下说。我的腿今天有点疼。"说着，他便在那盖着草皮的土堆上坐下。

"这座坟上老有人献花。它也不会太孤单，因为总有人来来往往，开着他们的新车什么的——不像从前了。她有伴儿了。她是个自寻短见的可怜人儿。"

"原来如此！"阿瑟斯特说，"埋在十字路口。我不知道这个习俗还保留着。"

"是啊！不过这也是很久以前的事了。那时候，我们这儿有位非常敬奉上帝的牧师。我算算，等到今年的米迦勒节，我领养老金就满六年了，出事那年我刚五十岁。

如今活着的人里，没人比我更清楚这件事了。她就是这一带的人，就在我当年帮工的那个农庄，纳拉科姆太太家，现在是尼克·纳拉科姆当家了。我现在偶尔还会帮他干点活。"

阿瑟斯特正靠在门上点烟斗，火柴熄灭后好一会儿，他仍然举着拱起的手掌，遮住脸。

"是吗？"他说，他感到自己的声音嘶哑而又古怪。

"她可是百里挑一的，可怜的姑娘！我每次路过这儿，都会给她带一朵花。姑娘长得又漂亮，人又好，虽然他们不肯把她葬在教堂的墓地，也不愿意把她葬在她自己想葬的地方。"老先生顿了顿，伸出体毛浓密、因长年劳作而扭曲的手，放在坟上蓝铃花旁的草皮上。

"然后呢？"阿瑟斯特问。

"可以说，"老人接着说，"我认为这是个爱情故事——虽然没人确切地知道是怎么回事。你搞不清一个姑娘脑袋里想的是什么，但我觉得是这样。"他用手抚摸着草皮。"我很喜欢那个姑娘——还真不知道有谁不喜欢她的。但她太痴情了——我看，问题就出在这儿。"他抬起头来。阿瑟斯特被胡子遮住的嘴唇直打哆嗦，他喃喃地问："然后呢？"

"那是个春天，可能差不多就是现在这个时候，或者再晚一点——开花的时候——我们的农庄上来了个大学生小伙子，在这儿借宿——也是个好孩子，满脑子幻想。我挺喜欢他的，我从来没看见他们之间有什么，但我感觉，那姑娘是爱上他了。"老人把烟斗从嘴里拿出来，吐了口痰，又接着说：

"您看，有一天，他突然就走了，再也没回来。他的背包还有几件东西现在还留在那儿，而他从来也没叫人来拿走——这一点一直让我觉得蹊跷。他姓阿修斯，或者跟这个差不多的什么。"

"是吗？"阿瑟斯特又说。

老人舔了舔嘴唇。

"她什么也没说过，但从那天起，她就变得恍恍惚惚的，怎么也不像个正常人。我这辈子也没见过有人变化那么大——从来没有。农庄上还有一个小伙子——叫乔·彼得福德，也是爱她爱得不行，我猜他老是缠着她。她变得疯疯癫癫的。有时候，晚上我赶牛回来的时候会看见她，她就站在果园里那棵大苹果树下面，直愣愣地盯着前面。'唉，'我以前总想，'不知道你究竟是怎么了，但你这样看着真可怜，真叫人心疼！'"

老人重新把烟斗点上，若有所思地抽着。

"还有呢？"阿瑟斯特说。

"我记得有一天，我跟她说：'梅根，你这是怎么了？'——她叫梅根·戴维，是威尔士人，跟她的姑妈、老纳拉科姆太太一样。'你一定是遇上烦心事了。'我说。'我没事，吉姆。'她说，'我没事。''你肯定有！'我说。'没有。'她说着眼泪就掉下来了。'你哭了——那又是为什么呢？'我说。她把一只手放在胸口，说：'我这儿疼。'她说：'但是我很快就会好的。不过，万一我出了什么事，吉姆，我想被埋在这棵苹果树底下。'我哈哈大笑。我说：'你能出什么事儿？别傻了。''不，'她说，'我不会犯傻的。'哎,我知道姑娘们的脾性,所以我从来也没多想,一直到了两天以后,大概晚上六点的样子,我赶牛回来,看见小溪里漂着什么黑乎乎的东西,就在大苹果树附近。我心里想:'那是头猪吗——猪要是进了小溪里,那可就有意思了!'于是我就走过去,就看见了。"

老人停住了,目光朝上看去,他的眼睛里亮晶晶的,看上去很难过。

"是那个姑娘,漂在那个又小又窄的水池里,那池子是用一块大石头拦出来的——我看见过一两次那位先生在里面洗澡。她面朝下,趴在水里。她头顶正上方的石头缝里长着一株毛茛花。我去看她的脸,她的脸真好看,真漂亮,平静得像个小娃娃一样——真是太美了。医生看到她的时候说:'她要不是着了迷,是不可能在那点水里淹死的。'唉!从她的表情看,她的确是着了迷。我哭了好久——她真美!那会儿是六月份,但她不知道从哪儿找来一小朵苹果花,插在头发里。所以我才认为,她一定是着了迷,才会那么开心地离开。唉!那水不过一英尺半深。但我跟您说件事——那块草地闹鬼；这我知道，她也知道；谁要是跟我说那儿没鬼，我绝对不信。我告诉他们，她跟我讲了要把她埋在苹果树下面，但我感觉这反倒让他们觉得她是故意的——她心里早就盘算好了。所以他们就把她埋到这儿来了。那时候我们那个牧师是个非常认真的人，特别认真。"

老人又用手去摩挲着草皮。

"看来啊，"他又慢慢补充了一句，"姑娘们为了爱情真能干出惊天骇地的事儿来。她有一颗痴心，我看那颗心是碎了。但到底怎么回事，我们也不知道。"

他抬头去看阿瑟斯特，仿佛等着他对这故事表示赞叹，可阿瑟斯特已经从他身边走开了，好像他不存在一样。

回到山顶，远离刚才准备午餐的地方，在没人看见的角落，他一头趴了下去。看来，他的善行得到了报应，那位"塞浦路斯人"，爱情女神，报复了他！泪水模糊了他的双眼，他仿佛看到梅根的脸，看到她乌黑、湿漉漉的头发里插着一朵苹果花。"我做错了什么？"他想，"我做了什么？"可是他答不出来。他和梅根心中的春天——春天的心潮起伏，春天的花儿，还有春天的歌！难道只是爱神在寻找牺牲品吗！看来，希腊人说得对——《希波吕托斯》里的诗句今天仍然很真实！

"爱神的心疯狂，

爱神的翅膀闪烁金光；

在他营造的春天里，

万物都似被施了魔法，为之沉迷。

所有自生、年轻的生命，

不论在山巅、海浪还是溪涧，

一切生在土里，

或是呼吸在红灿灿的阳光下的；

是啊，还有人类。统治万物的，

就是你啊，塞浦路斯，塞浦路斯！"

希腊人说得对！梅根！可怜的小梅根——从山上走

来的小梅根！老苹果树下望眼欲穿的梅根！梅根死了，她永远是美的！

一个声音说：

"哦，你在这儿呢！你看！"

阿瑟斯特站起身，接过妻子的写生，沉默地凝视着。

"前景不错吧，弗兰克？"

"不错。"

"不过好像缺了点什么，是不是？"

阿瑟斯特点点头。缺了点什么？那苹果树，那歌声，那金子！

他庄严地在她额上轻轻一吻。那是他的银婚纪念日。

爱情短经典：苹果树

唯有深情不惧时光，让爱情经典随手可读

图书在版编目（CIP）数据

苹果树 /（英）约翰·高尔斯华绥著；华静文译
. -- 昆明：云南美术出版社，2020.9
（爱情短经典；4）
ISBN 978-7-5489-3747-0

Ⅰ.①苹… Ⅱ.①约… ②华… Ⅲ.①中篇小说-小说集-英国-现代②短篇小说-小说集-英国-现代 Ⅳ.①I561.45

中国版本图书馆CIP数据核字(2020)第143117号

责任编辑：梁　媛　刘铁波
责任校对：赵　婧　温德辉　邓　超
产品经理：曹俊然　冯　晨

爱情短经典

苹果树

（英）约翰·高尔斯华绥　著　　华静文　译

出版发行：	云南出版集团
	云南美术出版社（昆明市环城西路609号）
制版印刷：	北京盛通印刷股份有限公司
开　　本：	787mm×1092mm　1/32
字　　数：	120千字
印　　张：	3.75
印　　数：	1-6,000
版　　次：	2020年9月第1版
印　　次：	2020年9月第1次印刷
书　　号：	ISBN 978-7-5489-3747-0
定　　价：	138.00元（全7册）

如发现印装质量问题，影响阅读，请联系 021-64386496 调换